# O Orfanato das Palavras

e outras crônicas

# O Orfanato das Palavras

e outras crônicas

Gabriel Chalita

2025

MINOTAURO

# O orfanato das palavras e outras crônicas


**Minotauro** é um selo da Editora Almedina Brasil do Grupo Editorial Alta Books (STARLIN ALTA EDITORA E CONSULTORIA LTDA).

ISBN: 978-65-614-3046-3

Impresso no Brasil – 1ª Edição, 2025 – Edição revisada conforme o Acordo Ortográfico da Língua Portuguesa de 2009.

Dados Internacionais de Catalogação na Publicação (CIP)

C437o
1.ed.- Chalita, Gabriel.
O orfanato das palavras e outras crônicas / Rodolfo Ceppas Bastos. - Rio de Janeiro: Minotauro, 2025.
272 p.; 13,7 x 21 cm.

ISBN 978-65-614-3046-3

1. Crônicas brasileiras. 2. Literatura contemporânea. 3. Emoções e memória. I. Título.

CDD 869.933

**Índice para catálogo sistemático:**
1. Crônicas brasileiras - 869.933



**Almedina Brasil é uma Editora do Grupo Editorial Alta Books**

**Produção Editorial:** Grupo Editorial Alta Books
**Diretor Editorial:** Anderson Vieira
**Vendas Governamentais:** Cristiane Mutüs
**Produtora Editorial:** Luna Bolina
**Revisão Gramatical:** Leandro Menegaz
**Diagramação:** Roberto Maia
**Capa:** Rita Motta

ALTA BOOKS
GRUPO EDITORIAL

Rua Viúva Cláudio, 291 – Bairro Industrial do Jacaré
CEP: 20.970-031 – Rio de Janeiro (RJ)
Tels.: (21) 3278-8069 / 3278-8419
**www.altabooks.com.br** – altabooks@altabooks.com.br
**Ouvidoria:** ouvidoria@altabooks.com.br

Editora **afiliada à:**
abdr
ASSOCIADO CBL Câmara Brasileira do Livro

# Sumário

# O orfanato das palavras

# 1

Sonhei um sonho. Era uma cidade parecida com a cidade da minha infância. Encostada em duas grandes serras, a cidade vivia com seus rios, suas plantações, sua natureza – ainda preservada –, sua gente.

As ruas estreitas exigem alguma proximidade. Em cidades pequenas, é incomum o não-olhar, o não-cumprimentar, o não-dizer. Nas memórias que desenham vida em mim, há muito do que foi dito das palavras, das palavras nascidas depois dos silêncios. É o silêncio que dá profundidade às palavras. Como nos rios. Há mais do que as superfícies.

Sempre gostei de sentar e ouvir as palavras de pessoas que já haviam vivido muito. Palavras ensinadoras. Palavras arrumadas pelo tempo para caírem mais leves e florescerem.

Coleciono palavras daqueles dias. Algumas poucas gentes usam; já, na época, não usavam, só os velhos. Foram fortes antes. Ainda são fortes em mim. Fortes ao ponto de me fazerem lembrar as pessoas que as pronunciavam.

Os mais velhos me ensinaram o não-fazer. Nem sempre é necessário fazer. O fazer pode ser marcha, pode ser bando, pode ser máquina. O ser humano é mais. O ser humano é natureza. É rio, também, e é serra. É até pedra. Pedra e os seus caminhos. Caminhar sem pressa é como dançar. É permitir que o ver nos faça fazer parte. Eu via o que voava e o que acarinhava nos ninhos preparando o voo. Eu via o que cuidava da cria e via o que corria assustado com os barulhos humanos.

No meu sonho, entretanto, essa paz não havia. Havia um dizer repetido das mesmas palavras. Como se não houvesse outras. Como se faltassem. No meu sonho, havia uma placa que explicava "orfanato das palavras". Estavam lá sem conviver com as famílias, perdidas de dizeres. Sem dizeres, não há sentimentos. As palavras explicam os sentimentos. As palavras brotam os sentimentos.

No meu sonho, o que um dizia, o outro imitava. O que um andava, o outro andava. O que um parava, o outro parava. Era um copiando do outro e era um não-sendo um com o outro. Não surgia nenhum "nós". E, quando não surge o "nós", o "eu" imerge. Esconde-se até de si mesmo.

Os velhos que eu gostava de ouvir não eram assim. Havia uma escritora que escrevia tão honestamente que, quando eu via os seus dedos dizendo os sentimentos, na velha máquina de datilografia, eu a imaginava desaparecida para as coisas do dia e eternizada nas palavras que ali nasciam.

Para que se preocupar com o que passa? Tudo passa. Para que se preocupar? O que deve nos ocupar é a poesia. A poesia das infâncias é o brincar. Sem obrigações com as vitórias, a não ser quando os adultos erram e exigem o desnecessário. A poesia do velho é o lembrar que o desimportante passa. A poesia dos amantes é desligar os barulhos dos medos e das cobranças e das sabotagens e amar. A poesia dos trabalhadores é trabalhar como trabalha a natureza, é acreditar na harmonia do fazer com o ser. O mais importante é o ser. O ser que pode, inclusive, não fazer.

No sonho ruim, os sorrisos eram iguais. Não, não eram sorrisos, eram expressões fabricadas para agradar. Ah, tão diferente dos sorrisos da minha infância, da liberdade de não precisar dizer nada, da liberdade.

Acordei cansado. Abri a janela e vi o sol dizendo. Ouvi passarinhos também dizendo. Ouvi minha memória concordando. Se eu entrasse nesse orfanato das palavras, adotaria muitas delas. A palavra amor e a palavra amar. A palavra irmandade. A palavra silêncio. A palavra paciência. A palavra aceitação. A palavra paz. A palavra sagrado.

Como viver sem o sagrado?! Se o sonho sonhado dormindo não foi bom, foi bom para lembrar que posso adotar palavras e posturas que embelezam o mundo, que relembram os mundos da minha infância, onde os velhos diziam sabedorias, mesmo quando não diziam.

Também tive uma máquina de escrever. Também tive pressa e, também, desperdicei vidas aguardando. Guardo os erros e busco o certo – que mora além e que mora dentro.

Tomo água e relembro que as fontes são limpas. É só não sujar.

## O silêncio das vozes

2

Caminho no silêncio, no silêncio das vozes. Caminho por paralelepípedos velhos pisados por velhas histórias que passaram. Ouço as vozes das árvores – árvores que, há muito, guardam segredos. Árvores que aguardam chuvas, que aguardam amanheceres, que aguardam silêncios. Sem sobressaltos. Apenas com compreensões. O tempo de cada tempo. O mar é movimento na pequena cidade. O dia, no tempo em que as vozes dormem, é calmo. Não há brigas. Não há barulhos poluidores de paz. Deixei a grande cidade e vim morar no silêncio. Deixei a dor da traição e vim, atraído por uma paz em promessa de nascimento. Vi, ontem, na caminhada que faço, quando as vozes dormem, um quebrar de ovo de um pássaro explicador de liberdades. O belo e o misterioso do sussurrar da natureza.

Na cidade grande, fui deixado por um amor que deixou dores profundas. As dores perturbaram minha voz que dizia nada, quando dizer era preciso. Principalmente, para mim. Vi os dois, enquanto éramos ainda. Não sei quem inventou a traição. Ou quem inventou que um é de apenas um. Ou quem inventou que é preciso vasculhar o mundo até encontrar o amor único da única vida. Sei nada de teorias que escrevem o que dói e o que não dói na parte de nós que, a apenas nós, é dado perscrutar.

No abandono, os abandonos da infância. Quando vi, acabei por ouvir. Ouvi um "eu ia te dizer" e um "foi bom." "Foi bom?" Bom era ter continuado. Bom era envelhecer sem sobressaltos. "Foi bom" foi o ponto que finalizou o que era a promessa de um amor sem fim. Acabei em silêncio diante do amor andando sem mim nas ruas grandes da grande cidade.

Vim para a pequena cidade, vim andar para ser grande. Vim para deixar as pequenezas que faziam um desacordar no meio das noites. Noites de suor e de lembranças. Noites de filmes de cenas rodadas em outra história. Eram os dois e os seus ditos que me diziam as dores.

Parti. Eu sei que o tempo me acalmaria mesmo lá, mas quis viver um outro tempo, aqui. Aqui onde o mar canta o infinito. Aqui onde há calmarias tão necessárias. Onde, aos poucos, fui conhecendo nomes e vencendo lembranças de nomes que doeram.

Abri uma pequena livraria e um clube de conversas sobre histórias. Histórias escritas em livros. Histórias inspiradas em vidas que caminham em grandes ou pequenas cidades. Ao lado, um café. Ao lado, uma escola de música onde as vozes vazam as paredes e agradam as vizinhanças. Ao clube de histórias, vêm o padre e o pastor. Jovens, os dois. Amigos. O mar que banha a vista da igreja de um, também banha a vista da igreja do outro. E, também, o luar.

O luar daqui é mais meu do que o luar de onde eu vivia. É o que sinto. Como sinto a cidade inteira minha, enquanto as vozes dormem. O silêncio de fora é mais fácil de ser conquistado do que o silêncio de dentro. Nas noites de dor, em que as vozes falavam em mim o amor doído, não havia silêncio. Eu dialogava diálogos imaginários. Para quando nos encontrássemos, para quando o destino arrumasse os desarrumos. Desarrumado estava eu, tão necessitado do que não era eu.

Gosto desse caminhar em jejum. Os passos me levam sem pesos. O vento daqui é ar em movimento leve. Vejo um primeiro abrir de janelas, é dona Maria de Fátima, a quituteira. Sorrimos um ao outro. Bonita a profissão de adoçar a vida. Ela promete que vai ao clube e que já terminou de ler o conto de Lygia. O conto sem final feliz de um amor que ficou deixado em um cemitério.

O cemitério da pequena cidade é pequeno. Os mortos daqui são silenciosos. Os de lá, também. Nos cemitérios, não há diferença. Talvez as árvores saibam disso; por isso, a calma.

Caminho no silêncio, no silêncio das vozes. Caminho no silêncio e agradeço. Agradeço o tempo que passou e o tempo que ainda tenho. Paro diante do mar e respiro e, respirando, sinto Deus. Deus é grande demais para ser entendido. Respirando, sinto a natureza inteira, presente de Deus. A minha vida, presente de Deus. O amanhecer do dia, presente de Deus.

No silêncio das vozes, a presença de Deus. E sou capaz de sorrir. De sorrir sem testemunhas, a não ser a lua. Lua nova que ainda não se foi, pelo menos na pequena cidade onde o mar grande faz, em mim, os seus silenciosos barulhos.

# 3 E, de novo, São João

A casa dos meus sonhos nunca quis morar sozinha. Eu, desde menina, sonhei família.

Diferente da minha. Minha mãe foi autorizando um cansaço que aparentava uma idade que não tinha. Meu pai despertava em mim sentimentos dúbios. Nenhuma filha gosta de ver a mãe sendo soterrada de seus sonhos por homem perverso. Os ditos de desrespeito conferiam a ele risadas de amigos gordos de preconceito e silêncio na mulher que, ainda assim, o amava.

Eu sonhava com um outro homem para viver a vida. O sonho é, também, um ensinador de realidades. E foi em uma festa de São João. Eu nunca havia namorado. E já era mulher de ter desejos. O frio combinava com a fogueira que esquentava de alegria as nossas vidas naquele interior de antigamente. Brincadeiras simples eram suficientes. As pescarias, o correio-elegante, as argolas, a corrida de saco, a cadeia. Foi assim que me prendi.

Daniel cortava os pedaços do bolo de milho e alimentava o seu avô. Um jovem lindo distribuindo lindezas para um senhor sentado em uma cadeira de rodas. Nos vimos. Desviei o olhar. Ele veio em minha direção. Eu estava com Juliana, minha prima, mais atribuída do que eu na tarefa da sedução. Ela disse que queria aquele homem. Eu disse nada. Ele se aproximou e cumprimentou as duas. Mas foi em mim que ele parou. Foi em mim que ele parou a procura. Foi em mim que ele contou, de uma outra maneira, a história da sua vida.

O avô de Daniel morreu pouco depois do nosso casamento. E exigiu que nos casássemos em uma festa de São João. Três anos depois do primeiro olhar. E assim foi feito.

O nosso namoro foi um namoro respeitador das minhas crenças. Os exageros do meu pai ao contar o que fazia com as mulheres me preenchiam de medo. A doçura de Daniel foi limpando essas imprecisões de mim. Os homens não são todos iguais.

Um dia, minha mãe, depois de mais uma sequência de palavras ditas com desnecessidade pelo meu pai, olhou envergonhada para mim e disse, “Filha, já não tenho medo de sofrer, tenho medo de desaprender o sorriso”. E ela nunca mais sorriu, até o dia em que descansou no cemitério que fica no alto do interior que nascemos. Nunca entendi por que ela não o deixou, nunca entendi a sua entrega, seu silêncio doído e sujo.

A beleza foi se despedindo apressada. E meu pai chorou no sepultamento da mulher que sepultara antes.

Os dias vão trazendo novidades e empurrando dissabores. Sou das que dão espaço para outro pensar. Deixei de querer entender minha mãe e decidi construir minha casa – a que, quando menina, já era sonhada. Sem agressões, sem piadas, sem desrespeitos.

Daniel foi vasculhando meu interior com poesia. Foi paciente na primeira noite. Meu medo era paralisador. "Calma, meu amor, eu não sou seu pai." Foi a única vez que ele se permitiu me permitir a expulsar o que me expulsava de mim. As noites depois do medo foram lindas. E eu fui conhecendo o prazer no amor.

Os nossos filhos vieram, três. A nossa casa foi crescendo. E, sem querer construir um imaginário impossível, posso garantir que nunca houve desrespeito entre nós. As incertezas foram atropeladas por delicadas surpresas de um homem romântico. Até que, um dia, um câncer enlutou os meus dias. O médico anunciou seis meses de vida. E eu me vesti de uma dor disfarçada de palavras de entusiasmo.

Daniel, inventador de futuros, desmentiu o médico, enquanto voltávamos para casa, "Meu amor, ele está errado, eu vou viver muito ainda, com você." E, naquele dia, fizemos amor como se as notícias tivessem sido boas.

Vou economizar nas explicações de cirurgias e tratamentos. Já faz vinte anos do dia em que ele teria seis meses. E ontem, no dia de São João, completamos trinta anos de casados.

Faltam linhas e sobram palavras para dizer o que sentimos, quando dançamos a dança dos noivos. Ele me disse, enquanto beijava de beijos bons o meu rosto, o meu pescoço, a minha boca, "Meu amor, eu nunca quis ficar sozinho de você."

Enquanto eu sorria o sorriso da gratidão, olhava a fogueira enchendo de calor e de esperança a vida. Eu via as crianças brincando, sem celulares ou computadores, e filosofava, é preciso tão pouco para o comparecimento da felicidade.

O que sei é que as emoções nos dão tamanho. Minha amada mãe foi diminuindo com um morto que a matava antes da morte. E eu fui crescendo com a solenidade do amor. Cada dia ao lado do meu amor é um dia extraordinário. Agora, deixa eu deixar os pensamentos quietinhos e apenas sentir a dança de ontem que ainda dança em mim.

Obrigada, São João.

# 4

# Quando as palavras falham

Parece que foi ontem. Parece que foi ontem que ele atropelou minhas palavras e levou meu silêncio.

Eu soube da traição. Tentei não saber, mas soube. Ele soube que eu soube. E desdisse o que primeiro disse prometendo um outro futuro. Eu disse nada. Queria ter dito, mas disse nada.

Pensei nos dias sem ele e antecipei a dor. Pensei que temer a dor não era inteligente. Pensei que, se quisesse prosseguir, precisaria insistir. Ele não insistiu. Disse que o meu silêncio era violento. Disse que vivia de cansaços e que eu me arrependeria. E foi assim que a porta se abriu, e foi assim que a porta se fechou.

A primeira noite sem ele foi a explicação de que a alegria se fora apressada. Os esquecidos dele na casa e em mim doíam.

Amigos disseram que o mundo tem gente demais para chateações com um só. Que basta olhar pela janela e escolher outro.

Na janela dos meus sentimentos, eu só avistava ele. Sei que o mundo é povoado. Sei que, depois de um, pode vir outro. Mas por quê? Por que não ele? Porque me traiu! Os compridos diálogos imaginários eram cheios de palavras, mas, diante dele, elas falhavam.

Decorridas poucas semanas da porta aberta, da porta fechada, nos vimos. Ele entregou doçura e falou da saudade. Eu quis dizer que a porta poderia ser aberta. Que a cama poderia ser ocupada. Que o passado não precisava ser desfeito. Ele disse sobre tentarmos novamente. Eu disse 'sim' nos pensamentos e 'não' nas palavras. Por orgulho, talvez. Por teimosia. Por querer que ele insistisse mais, que implorasse, que dissesse não viver sem mim. Não sei o que eu queria, só sei que disse o que não sentia. E falei da pressa de ter de ir. Pressa do quê? Inventei.

A manhã daquele dia que nos vimos, depois de tanto dia desejar, foi logo noite. Ensaiei o que diria da próxima vez. Está bem. Vamos tentar novamente. Mas quando seria a próxima vez? Por que eu não poderia procurar e dizer que estava aceito o convite para voltar a sermos? Porque eu não traí. Quem trai tem que rastejar. Por que quem trai tem que rastejar? Porque sim. Porque sim era sempre uma resposta econômica que eu dizia, quando não queria mais dizer.

A outra vez que nos vimos, ele já estava ocupado. A dor foi uma matemática de somas de lembranças e de subtrações de futuros. Nunca mais seríamos. Nunca mais seríamos, porque não fiz as contas de que, apesar da traição, era com ele que eu acordava feliz.

A fria cidade em um dia quente dizia que eu errei. E que, agora, a certidão de posse já havia sido transferida. Ele, acompanhado, olhou nos meus olhos e pareceu ainda aceitar alguma palavra minha. E o meu orgulho? Como dizer limpando o orgulho das palavras? Disse para mim que as pessoas erram e disse, depois, que quem erra pede perdão e disse, depois, que ele pediu perdão e disse, depois, que ele não disse o suficiente para mostrar arrependimentos e disse, depois, a tristeza.

Não, não existe amor único e não existe dor que se prolongue além do necessário. De janela aberta, um dia, hei de encontrar. Por que encontrar se já encontrei? Já está ocupado. Será? E se eu disser que aceito? E se eu disser, e ele disser que agora já não mais quer? Um dia, ele jurou amor sem fim. Um dia, ele me traiu. Quem ama trai? Quem ama perdoa? Quem trai pode deixar de trair? No dia da porta aberta e da porta fechada, seu rosto escreveu sinceridades. A porta aberta iluminava tudo. Quando a porta fechou, fez escuro em mim.

Quando as palavras falham, os dias tomam outros caminhos. Um dos seus últimos ditos foi: "Eu sou homem, não sou máquina, homens erram." E chorou.

Eu não chorei. Chorei depois. Depois da porta fechada. Depois de entregar à teimosia o troféu da vitória.

Parece que foi ontem e eu ainda o vejo na janela em que passa um depois do outro.

Aos que gostam de dizer que há muita gente no mundo, digo, um amor é o mundo inteiro em nós dois.

# Um dia de sol

5

Antes de hoje, era este o meu texto: acordei sem acordar. Trouxe, para o dia amanhecendo, os dias que se findaram. Não soube trocar de roupa, nem de desejo. Fui triste para a noite e incompreendi a pausa. Não houve. Não sei quanto de mim restou dos dias de pensamentos não pensados.

Houve um silêncio quando ele se foi. E, depois, barulho e mais barulho em mim. Fui trocada por uma mulher com a metade da minha idade. Ele mentiu quando perguntei. Mentiu algumas outras vezes até que se vestiu de coragem e partiu.

Eu não sou a única mulher no mundo a sofrer a dor da rejeição. O nome da minha irmã, Ângela, era o nome de uma amante de meu pai. Minha mãe dizia que, na época, não sabia. Tenho dúvidas. Eram outros tempos. Todos se foram. Minha irmã, quando soube, quis mudar de nome. Desistiu. Inventou para si mesma que foi uma homenagem à cantora que cantava lindamente. E acrescentou Maria para confirmar a informação. Inventamos passados para prosseguir vivendo durante o dia.

Saí da cama e tentei lavar o que, há tempos, permanecia. Hoje, abri a janela e um vento bonito sussurrou delicadezas em mim. Desacostumei de perceber o jardim que se avista do meu quarto. Parei em silêncio e um som leve de uma natureza leve desmentiu o peso que me frequentou desde que soube que havia outra.

Quem inventou que sem o outro não vivemos? Quem escreveu que a vida depende de um romantismo sem fim? Ele foi romântico nos inícios. Há muito éramos nada. E, mesmo assim, doeu. Talvez pelo costume. Talvez pela sensação de ser trocada. Talvez pela velhice batendo à porta e dizendo que será difícil dançar novamente acompanhada. Nem dançar dançávamos.

Quem entende o martelo de invencionices que nos atormenta a mente? Menti para mim mesma chorando por ele. Inventei um companheiro que não me acompanhava. Deixa eu parar de dizer dele. O jardim que, novamente, vejo é bonito demais para não amanhecer. E há sol. E há, surpreendentemente, uma vontade criança de sair.

O sol aquece as ruas e ilumina futuros. Nas ruas ensolaradas, frequentam histórias que podem se casar com as nossas. Não falo de um encontro romântico hoje. Até pode ser. Falo de encontros com vidas que andam calçadas, que sentam nos bancos das praças, que veem filmes nos cinemas, que pedem informações. Vidas que demitem a solidão.

Sou das conversas, sempre fui. Minha irmã dizia que eu fazia amizade até em fila de pão. E não é bom? Sentir o cheiro da arte do padeiro e conversar. E saber que, depois, seriam o café e a manteiga deslizando no que daria sabor. A vida é saborosa, principalmente em dia de sol. Que me perdoe a chuva, o que seríamos de nós sem a chuva? Nem seríamos. Mas hoje é dia de sol, também dentro de mim. Não, a velhice não está batendo à minha porta. É preciso que eu desminta para não acreditar, para não fechar as janelas em um dia de sol.

O espelho já me diz outro sentimento. Depois do banho, olho para mim e gosto. Passei dias encontrando defeitos que o tempo foi deixando em mim. Bobagem. Sou uma mulher bonita, sim. Vou cortar um pouco o cabelo e tingir as raízes, mal nenhum há em cuidar. Vou voltar às aulas de dança. Sempre gostei. Vou aceitar o convite do Gustavo, por que não? Sempre tão gentil comigo. E vou sem pressa. Quero ver com a Tânia o pintor que pintou a casa dela. Mudar um pouco. Tem uma poltrona que vi há tempos e gostei. Vou comprar. É de um vermelho que vai combinar com um lado preto e cinza da sala. Vou comprar uns livros novos. Sempre gostei de ler avistando o jardim bonito de onde moro. Vou pensar em alguma viagem. Curta que seja. Para ver os jardins de outros lugares.

Para expandir o jardim que mora em mim e que tem o direito de florescer. Vou convidar Janaína, amiga sem fim, que vive de conhecer lugares.

A vontade, quando amanhece, amanhece forte. É disso que eu precisava. O que os outros decidem, decidem eles. Volto à janela e respiro o sol. Que luz, meu Deus! Que dia lindo! É, novamente, dia de viver.

# 6
# O despertar romântico

Acordo cedo desde há muito. Gosto de olhar o amanhecer e saber que há mais uma etapa da estrada do viver a ser cumprida. Sou forte o suficiente para não desperdiçar um dia, nem com as lamúrias dos que não têm o que querem, nem com o sono prolongado dos que já não acreditam nos próprios passos.

Sou casado e cumpro o rigor do cuidar. Cuidar é o verbo acessório que explica o verbo principal, amar. É acessório, porque vai vestindo uma relação de delicadezas sem requerimentos nem exigências. O amar é o substrato da existência. É o alimentar da alma. É de difícil explicação para o pensamento. A paixão é um sentir mais fácil, é um doer mais perceptível, é uma parte que grita, quando a outra se vai. É um apagar de outras letras que não aquelas que compõem o nome da pessoa amada. Amada com o significado de amor-paixão. Dizem que não dura muito. Sou um homem das leis, não das explicações das imaterialidades humanas. Então, não sei. Sei que há, nas relações, algo que ultrapassa o tempo fugidio das loucuras da paixão. É um atravessar as pontes, os buracos, os pedregulhos e até os chafarizes que compõem a estrada, que compõem a partitura de uma vida ou de duas vidas. E, aí, vem uma música boa de ouvir e de cantar juntos.

Santina é a mulher que caminha comigo. O peso dos dias nos traz algumas intercorrências. Nem sempre estamos bem. Nem sempre o corpo amanhece com o vigor que gostaríamos.

Fomos viajar. Ela e eu. E uns amigos que dividiram comigo algum trabalho. Encontrei alguns deles na saída do simpático cômodo em que cada um servia o seu café da manhã. Eu estava com uma bandeja preparada com o que vi de melhor para levar à minha mulher. Sempre achei romântico café da manhã na cama. Com cheiro de cuidado, com ingredientes de delicadeza, com a levada intenção de surpreender.

Os amigos quiseram saber. Eu disse. Minha mulher acordou com alguma indisposição nas costas. Eles silenciaram. Depois valorizaram o cuidado. Disse nada. Pensei no quanto ela me cuidou. Nos dias em que foi o meu corpo avisando do cansaço ou de alguma dor. Nos dias em que minha mente se perdia do caminho. O amor-paixão é mais exigente que o amor-amor. No amor-amor, também mora a paixão. Mais calma, entretanto. Mais confiante nas continuidades. Menos apressada. Menos medrosa de interrupções.

No amor-amor a intimidade vai escrevendo familiaridades, e as familiaridades vão se lendo nos textos ditos e vividos um do outro.

Preparar o café da manhã para a mulher que amo, há tantos anos, é só o cabeçalho da página de um dia em uma enciclopédica história que construímos juntos.

Aos meus amigos, sugiro, façam o mesmo. É um desperdício não perfumar de delicadezas uma relação de amor. É tão difícil encontrar alguém que aceite e seja aceito como caminhante principal na estrada em que cruzamos com tantos, que o melhor é valorizar.

Valorizar significa compreender o valor. O material é fácil medir. Quanto custa o pão ou a manteiga ou as frutas ou o leite ou o café ou a jarra de flores que está sobre a bandeja. O que não se pode medir, porque a métrica do amor ultrapassa os pesos e medidas criados por criação humana, se pode sentir.

O sorriso de minha mulher vale mais do que o esforço, tão pouco, de preencher uma bandeja com o melhor que pude. O melhor que posso é acordar ao lado dela e dizer ao amanhecer: "Que bom, que bom que permanecemos juntos, que bom que permaneceremos juntos."

O presente é um bom limpador de passados para que o futuro venha sem medo nem preguiça. Um despertar romântico é o pequeno segredo para que o dia nasça mais bonito. E para que as horas que se sucedam, depois do início, sejam mais leves e mais perfumadas da presença que escolhemos nos presentear para viver a vida.

7

# Dia do Amigo

Um amigo me escreveu, celebrando comigo o Dia do Amigo. 20 de julho. Respondi prontamente. E, prontamente, fui pesquisar.

Um argentino, Enrique Ernesto Febbaro, criou a ideia. E pensou, exatamente, no dia 20 de julho, porque, no dia 20 de julho de 1969, o homem chegou à lua.

Pensei, o que tem a conquista da lua com a conquista da amizade? Prossegui pensando sobre vitórias da ciência e vitórias dos afetos. E não me dei por satisfeito. Comecei as conjecturas. A lua ilumina as diferenças, a lua não discrimina o por onde brilha, a lua poetiza em qualquer língua, em qualquer estação, a beleza da sua presença. A lua, mesmo em fases diferentes, está. Como o amigo.

Pensei no amigo que me enviou o escrito da amizade. Era simples. Era uma lembrança do quanto somos um para o outro. Pensei nos amigos que se foram, que se foram desse espaço chamado Terra, banhado pela lua. E permanecem em mim. E pensei nos outros de que nos despedimos por já não mais estarmos em sintonia.

Não há amizade onde não há amor, onde não há ética, onde não há respeito. Disse adeus a alguns que proferiram sentenças preconceituosas contra outros, humanos como nós. Argumentei. Minhas palavras foram emudecidas por ódios que desconhecia. Experimentei traições, também. Inverdades. São partes da parte imperfeita que somos. Alguns se arrependeram e prosseguimos. Como eu, que também já errei e prossigo errando e não encontro razão para não me desculpar e agradecer o perdão.

Amigos são mãos que se dão para caminhar. E que se fazem fortes para ajudar a levantar. E que se fazem suaves para silenciar os barulhos que nos roubam a paz. Amigos nos devolvem a paz. Amigos nos emprestam sorrisos e não nos cobram pagamentos. A não ser o que nasce gratuito do sentimento do estar.

Amigos demitem os sentimentos da inveja e desmascaram os que vêm para atrapalhar. Amigos habitam o território sagrado dos nossos segredos e silenciam até o momento de melhor falar. Os interesseiros desconhecem a beleza desses encontros. E se desencontram nas adulações desvestidas de verdade. E se horrorizam com o sucesso dos que dizem amigos. Não vibrar com a conquista do outro é uma das provas mais rasteiras da inexistência da amizade.

E o homem chegou à lua. Foi tão longe. E o homem ainda sofre para chegar em quem está perto e valorizar os laços que nos poetizam tanto ou mais que um luar. Um luar sem alguém para compartilhar não tem o mesmo sabor.

É bíblica a comparação da amizade com um tesouro precioso, é aristotélica a afirmação de que a amizade é uma alma habitando dois corpos, é da experiência da vida a sensação de que, acompanhados, a viagem que percorremos, desde os inícios, nos oferece cenários mais bonitos.

Fechei o dia abrindo em mim um dicionário que reservo na alma para vasculhar sempre e busquei, antes de adormecer, duas palavras, amor e gratidão. Sou grato aos amigos que tenho e sou ciente de que a amizade é um amor feito leveza, não pela ausência de compromissos, mas pela compreensão de que nas diferenças, nas imperfeições, prosseguimos compartilhando o pão e rindo o vinho. O vinho no sentido evangélico, a alegria. Quando Maria diz a Jesus, "Filho, eles não têm mais vinho", ela disse, "Filho, é de alegria que eles sentem falta.".

Alegria, amigos meus, é o que nos proporcionamos. Em qualquer estação, em qualquer fase, nas descobertas que nos levam à lua ou nos cantos em que cantamos juntos um amor que permanece.

# 8 O perdido cemitério

Fui reviver os mortos. Fui em um dia acinzentado – fora e dentro. Os mortos ficam no cemitério. O cemitério dos mortos da minha cidade. Da cidade em que nasci. Da cidade em que conheci o mundo grande no mundo pequeno.

As personagens que vi criaram em mim fascínios que ainda fazem enfeite em minha memória. A cabeleireira e o marido distraído. A benzedeira de verrugas. A responsável pela portaria do clube da cidade – ninguém sem a idade certa podia entrar no baile. A ensinadora dos pecados na igreja matriz. A florista. A que abriu uma sorveteria para competir com a irmã. O que ganhou dinheiro construindo túmulos.

O tempo do tempo em que eu vivia na pequena cidade já se foi há muito. Morreram todos.

Pedi ao meu neto, que leva o meu nome, que fôssemos juntos. Fui no carro dizendo, a ele, a vida que se foi. Tão rápida. Tão sem diálogos para algum esperar.

Paramos em uma pequena padaria perto da casa em que, um dia, vivi. A casa já não existe mais. É um centro comercial. Fiquei sentado, lembrando. Os carros eram outros. Os aparelhos novos da tecnologia não existiam. A calçada era o encontro gostoso das noites de calor. Ninguém leva mais as cadeiras para ver o luar nas calçadas. Ninguém.

Tomei o café e mastiguei o pão com manteiga como quem mastiga a saudade. Meu pai saía do trabalho e levava o pão quentinho para casa. E comíamos, enquanto o sino da igreja avisava as seis horas.

No caminho para o cemitério, os prédios que não existiam. As avenidas alargaram. Casas foram derrubadas. Parece uma outra cidade.

Logo no início, o túmulo dos meus pais. Paro. Acendo uma vela. Descanso a bengala e me recosto na pedra de mármore preta.

Começo a dizer das pessoas importantes da cidade que estavam enterradas ali. Meu neto quis ver os túmulos. Caminhamos, então.

Eu procurava e não encontrava. Contei a história de um padre que foi assassinado e que diziam fazer milagres, não achei o túmulo. Falei de uma dona de boate, da única da cidade, que tinha um epitáfio, "Vivi para o prazer". Não encontrei. Havia tantos outros túmulos. Tantas novas alamedas. Fui me perdendo do que sabia. Foram anos e anos sem vir. Coloquei os óculos para ler os túmulos e lembrar das famílias. Conhecia todas. Desconheço todas.

A cidade cresceu, e eu cresci em outra cidade. A memória que tenho não é a que vejo. Perdi de mim muitos sonhos, também. Eu fui o que não quis. Mas dei certo. Não vou lamuriar. Tive filhos e netos e, recentemente, a primeira bisneta. Tive sucesso no trabalho que não decidi. Queria ser cantor. Meu pai me convenceu a mudar. O cantor famoso da cidade não tinha boa fama. Também não encontro o túmulo dele. Lembro de ter ido ao seu enterro.

Os enterros de ontem paravam a cidade. O sino triste da igreja, de badaladas lentas, uma a uma. E a procissão. E os passantes tirando os chapéus em respeito. E o comércio fechando a metade das portas das lojas durante o cortejo.

Meu neto gosta de me ouvir. Quer ser escritor. Faço votos que seja. A mãe desaconselha. Eu, não. A maturidade me ensinou a nunca estacionar o sonho de ninguém. Que cada um avance na sua velocidade o tempo do realizar.

Não quero ser enterrado aqui, já me desculpei com os meus pais. Fiz vida em outro canto. Talvez queira ser cremado. Talvez queira viver no mar. Meu neto me diz que é cedo para eu decidir. Eu rio. Ele me abraça com um carinho que me anima a prosseguir.

Desisto de novas incursões pelo perdido cemitério e o convido para ver a praça onde havia um coreto em que, quando criança, eu cantava. Ele me pede que cante alguma música. Eu canto; então, a saudade. Eu canto os mortos e canto o que já morreu em mim. Eu canto a vida do meu neto tão paciente comigo e tão cuidadoso no ofício do ouvir.

No cemitério fica a parte que já não conta. É bom que fique, como respeito à carne que fez caminhar a nossa alma. E a alma? Onde fica? É cedo demais para encontrar respostas...

# 9 O choro de Deus

Já começo estendendo as minhas explicações.

Não sou das teologias, não sou dos estudos profundos do que chamam ontologia. Descobri, há pouco, essa palavra que significa *essência*. Não é um dizer sobre a essência de Deus, mas sobre o choro de Deus. Os mais entendidos dirão, Deus não chora, Deus é perfeito. Eu, que pouco sei e que muito pergunto, pergunto: chorar é desmentir a perfeição? Chorar é um verbo dos imperfeitos?

Tento alguma explicação.

Chorar é uma delicadeza dos sentimentos. É um emprestar que os olhos oferecem à alma para seus alívios. É um poetizar da arte de viver.

Deus vive. E Deus vive em mim. Não sei explicar. Sei sentir. Sinto Deus no correr do dia. Sinto Deus na ação e nas pausas. Sinto Deus na contemplação de sua obra, a linda natureza, e nos olhos de ver que tenho e que pensam metáforas, quando veem os verdes dos campos, o lamber as areias das águas do mar, o voo livre dos pássaros que enfeitam o horizonte.

Sinto Deus nas flores que perfumam a vida, na criança sorridente ao vencer os tempos do engatinhar, ao iniciar os seus caminhos. Sinto Deus em um abraço de amor, em um pedido de perdão, em uma reconciliação dentro ou fora da gente. Sinto Deus no sorriso de mãe, ou de pai, ou de um amor amando. Sinto Deus no vento que alivia o calor e no calor que espanta o frio. Sinto Deus no caminhar por entre as gentes e pelas gentes que não desistem de caminhar.

E sinto que Deus chora. Talvez, sinta por mim. Pela centelha de Deus que mora dentro do que de mais bonito mora em mim. Sinto que Deus chora com o riso falso dos perversos, dos dissimulados, dos traidores, dos soberbos, dos que exercem a profissão de destruir a felicidade alheia.

Sinto que Deus chora nas misérias, nos filhos seus que são desaparecidos das mentes de outros filhos. Sinto que Deus chora com os que traficam órgãos humanos, com os que trancam o coração para os que mais precisam, com os que afundam as esperanças dos refugiados.

Sinto que Deus chora ao ver tantos filhos seus plenos do direito do julgar e ausentes do movimento do amar. Sinto que Deus chora, quando usam o seu nome para matar a vida ou a alma de alguém. Para jogar no mundo os seus preconceitos e para expulsar do mundo as alegrias de tantos que, por serem diferentes, demoram a encontrar algum encontro com esperança. Linda é a diferença! Cada um é um. Deus chora, quando choram os injustiçados, os humilhados, os desconvidados do banquete do viver.

A tal da ontologia humana é, na minha humilde opinião, semelhante à ontologia divina. Já li isso nos livros dos doutores das igrejas. O homem é imagem e semelhança de Deus. Já perguntei e já ouvi que a semelhança mais certa está na capacidade de amar. Deus chora, quando choram os que experimentam o desamor. O ódio não é parte da ontologia divina nem humana. É ausência. É inexistência do cuidado, filho do amor. É amor adoecido. E o remédio?

Não sou desacreditador da esperança. Sou ator. Vivo no palco da existência os papéis em que acredito. Já me chamaram de ingênuo, de utópico. Fui pesquisar essa palavra. Li coisas bonitas. Entendi que, sem o sonho, desapareço. Que, sem o sonho, as lágrimas deixam de ser ensinadoras de tempos melhores para se acomodarem no não-viver.

Quero prosseguir dizendo os textos que acalmam e que alimentam de futuro os irmãos meus que vivem no mesmo tempo que eu. Se posso sentir que Deus chora, posso sentir que Deus sorri. E é para conseguir o sorriso de Deus que quero viver. Fazendo o que eu sei fazer e fazendo do aprender minha condição de existir. Quero aprender com os que ontem, hoje e amanhã devolveram sorrisos a irmãos seus, a irmãos meus e sentiram o sorriso de Deus.

Enquanto escrevo, o dia está amanhecendo. O sol me explica que a luz agasalhante que ele oferece é, também, sorriso de Deus.

Enquanto escrevo, o dia está amanhecendo... também em mim.

# 10 É Dia dos Pais, pai

É Dia dos Pais, pai. E você não está. A quem eu devo abraçar? A quem devo agradecer a paternidade linda que me apresentou o mundo como um campo fértil para plantar e colher amor?

Já faz tempo, pai. O tempo é um apagador de muitas coisas. Não as suas. Suas letras prosseguem gravadas em mim, formam palavras, formam poemas, formam ensinamentos. Você me formou com a força dos seus exemplos.

Acordei pensando em vários deles. Compartilho um que vale por muitos. Seu respeito, seu cuidado, seu romantismo com minha mãe, a mulher da sua vida, a mulher das nossas vidas.

Vocês se conheceram em uma calçada, em uma cidade do interior. Vocês desconheceram, depois disso, uma vida sem o outro. Foram anos de entrega. De um chorar acompanhado. De um sorrir alinhado às costuras que vocês foram fazendo no tecido da existência. Como era lindo ver você dizendo romantismos.

Como era lindo vocês se olhando, depois de anos e anos de casados.

"Meu amor", disse tantas vezes minha mãe, "o que você quer para jantar?" E a resposta vinha como variações de uma mesma canção, "Quero jantar com você, meu amor" ou "Você escolhe, eu tenho o principal, você; todo o resto é acessório" ou "Quero jantar o que te agradar, meu amor."

Vocês dois caminhando de mãos dadas nas calçadas da pequena cidade até a igreja, para rezarem juntos. Vocês dois sentados, vendo televisão, comendo sementes de abóbora, bebendo a conversa nos intervalos das antigas novelas. Vocês dois se banhando juntos nas águas do mar. Boiando juntos a certeza de terem feito a escolha certa e confiando que as ondas não seriam suficientemente fortes para atrapalhar aqueles dias.

Meu Deus, como as cenas fazem filme em mim. Foi há tanto tempo e prosseguem fazendo filme em mim. O filme bom da minha infância. O filme bom da minha juventude, dos dias em que fui me despedindo daquele ninho e voando o voo necessário dos que precisam conhecer o mundo. O filme das voltas para casa, da alegria da chegada, dos ditos que ensinavam cuidado na despedida.

Um dia, nos despedimos sem as consultas às escolhas da liberdade. Depois de uma festa de casamento, depois de um pequeno mal-estar, tudo tão rápido, seus olhos se fecharam, sua alma se abriu para a eternidade.

Minha mãe abraçou o que sobrou de mim. No seu quarto, alguns bilhetes de amor enfeitavam a lembrança. O travesseiro ainda usado por você, pai. As fotografias. O que consegui dizer a ela foi: "Chora, mãe, chora de saudade e chora de gratidão pela linda história de amor de vocês."

O seu filme, pai, o filme que passa imagens tantas em mim me faz querer ser melhor, me faz cultivar a serenidade – virtude tão sua –, me faz ouvir, como você ouvia, sem pressa, sem preconceitos.

Por aqui, pai, há muitos estranhamentos. Há muitos homens descompromissados com a palavra respeito, com o verbo cuidar. Não consigo compreender os que dizem amar desamando, os que decidem viver juntos desvivendo compromissos de amor.

Agradeço a você, alicerce dos valores que prossigo tentando viver. Sou ainda aprendiz na arte de ser bom. Você, meu bom José, foi e é um homem bom.

Feliz Dia dos Pais, pai.

# 11 A sujeira dos passos

Eu era ainda criança, quando vi a cena. Uma camionete grande dando ré e atingindo um carro de entregas de um pequeno supermercado da pequena cidade.

O homem da camionete abre a porta do carro e sai gritando. O motorista, entregador de compras, tenta dizer que o errado não era ele. Gagueja, sofre, silencia. O homem da camionete chama a polícia e fala que quem vem atrás é quem bate. O motorista tenta dizer da ré. A polícia ouve o que fala mais alto e decide.

Quem era o homem da camionete? Mário. Não esqueço que, quando ele saiu da camionete e foi andando, os seus passos deixaram sujeira na rua. Não sei de onde vinha aquela bota lamacenta. Sei de onde vinha aquela arrogância.

Mário era assim na cidade. Ameaçava, gritava, dizia alto e as pessoas assustavam. Meu pai falava do pai de Mário, um homem bom, um fazendeiro famoso por toda a redondeza, mas por razões diferentes das do filho. O pai era um ajudador de gentes. Começou pobre e enriqueceu com o trabalho, e sentia-se feliz ao ajudar outros para que tivessem dias melhores. Sempre ouvi que se colhe o que se planta. Mas o que houve, então, com Mário?

Pensei na mãe, bondosa também. Mário se casou e teve duas filhas. Aqui dou um passo longo na história que começa na minha infância. As filhas cresceram, mudaram de cidade e, depois da morte dos avôs, nunca mais voltaram para ver os pais. A mulher de Mário teve uma doença estranha que silencia. Ela nunca mais falou até a morte. Mário culpava a mulher por não ter filhos homens. Uma antiga empregada da casa dizia que ele engravidou uma outra empregada e, sem que o pai soubesse, exigiu que ela abortasse. Era um menino. As histórias correm. E o velho fazendeiro morreu sem a felicidade que têm aqueles que só fazem o bem, tamanho o desgosto com o filho.

Na história da batida da camionete, embora o motorista, por medo, tenha admitido para a polícia que o erro foi dele, o pai, sabedor do que houve, deu dinheiro para a família do motorista sem que o filho soubesse. E por que o pai, tão bondoso, não exigiu do filho a verdade? Por que sempre limpou suas sujeiras sem ir à fonte que o sujava?

Era mais velho, quando teve o único filho. Talvez se sentisse fraco diante de tanta gritaria. Não sei se justifica. Não sou julgador, gosto apenas de espionar a alma humana. Fico tentando vasculhar os porquês.

Em que dia Mário começou a ser assim? Foi expulso da escola mais de uma vez. Brigava com os professores. Os pais se desculpavam, mas o filho não mudava. Do gerente do banco aos atendentes do posto de gasolina, todos tinham medo do seu falar alto, das suas ameaças, dos seus arroubos. Diziam que tinha acertos com o delegado, com o prefeito, com o promotor de justiça. Diziam. Diziam que o dinheiro de Mário, herança do bom pai, comprava tudo. Não comprou botas limpas. Não comprou passos leves. Não comprou o amor das filhas. Não comprou a voz da mulher. Não comprou a felicidade dos pais de ver crescer um fruto bom da árvore que foram.

O motorista, do dia da batida, acabou não tendo prejuízo. Engoliu a humilhação por alguns dias e esqueceu. E vive bem. Gosto dele e da família. Rimos muito de simplicidades. Minha filha foi professora de seus filhos. O mais novo se forma em medicina o ano que vem. E chora de gratidão pelo esforço do pai em educar com tanto zelo.

Como disse, não sou julgador, mas sou juntador de letrinhas que formam histórias e que me ajudam a algum entender. As infelicidades que se causam aos outros não passam despercebidas dos sentimentos que brotam de nós. Os que gritam, ensurdecem; os que agridem, machucam; os que sujam, sujos ficam. Meu pai dizia que se aprende com o bom e com o mau.

Com o bom para aprender a ser e com o mau para aprender a não ser.

Eu era tão criança e aquela cena dos gritos do errado vencendo o correto fizeram morada em mim. O tempo me ensinou que ele nunca venceu. Nem naquele dia nem nos outros. A vitória mais bonita do existir está na bondade.

# 12 Herdeiros da vida

João, Helena, Luciana, Francisco, Regina. Vieram eles em comitiva falar comigo. Vieram representando os outros. Vieram e disseram: "Professora, queremos uma reivindicação." Achei bonita a pompa. "O que houve, que reivindicação vocês têm?"

Francisco, o mais falante, explicou o abaixo-assinado. "Queremos que a senhora seja novamente nossa professora no ano que vem. Com quem temos que brigar?" "Brigar não, Francisco", disse Helena, "Conversar."

Estou na proximidade dos sessenta anos, dediquei minha vida às infâncias e prossigo autorizando a emoção. São eles alunos de sete anos, segundo ano do ensino fundamental. Nos conhecemos há tão pouco e já somos tão responsáveis uns pelos outros. Eu os enxergo como herdeiros da vida, herdeiros da vida que ajudo a construir, quando saio de casa e entro nas casas deles com a irrenunciável decisão de semear amor.

Sou auscultadora de histórias de dor – e são muitas. Sou exigente nas explicações do certo e do errado. Sou crente, desde sempre, que todos eles, se forem bem cuidados, construirão lindas e verdadeiras histórias. Não me filio ao grupo dos que deserdam crianças. E são tantos. Os violentos. Os ausentes. Os egoístas que não compreendem que há espaço para todos no sol que, todos os dias, nos acorda.

Já pensei em parar algumas vezes. Recebi uma boa herança de uma tia que foi minha segunda mãe, poderia viver de viagens em viagens – sou curiosa, o mundo me fascina. Mas não me imagino sem eles. Sem os olhares ávidos, sem o barulhar de pensamentos nascendo, de criatividades explicando que, se não forem tolhidos, florescerão escrevendo tempos melhores.

Gosto de contar histórias, de explicar conteúdos, de pensar nos gestos que educam. Gosto de autorizar as imaginações. Gosto do aprender com eles. São tantos anos, meu Deus! Comecei tão menina! Estou no magistério há pouco mais de quarenta anos. Sim, já posso me aposentar.

"E por que vocês querem que seja novamente a professora de vocês?" "Por amor, ué", estranhou Helena. ""Por amor?", insisti. "Sim"", disse ela decidida, "A senhora tem amor pelo que faz, professora." "E amor pela gente, também", completou João.

Eu sorri, eu chorei. ""Está emocionada, né?", brincou o brincalhão Francisco. "É por amor que sou professora, por amor a vocês, por amor à educação, por amor à humanidade, vocês estão certos." Então,

Luciana participou, "E fique sabendo que nós amamos a senhora, professora."

Um filme foi brincando com as minhas emoções. Quantos se foram. Quantos me provaram que eu estava certa, que crianças bem cuidadas não degringolam em vidas desperdiçadas. A violência é resultado das ausências.

Desde sempre, acreditei na inteligência de todos eles. É apenas uma questão de estímulos, de portas que precisam ser abertas, por eles mesmos, desde que saibam, desde que acreditem que a estrada segura é aquela que não escraviza, é aquela que não diminui.

Olho para os meus cinco alunos e digo que vou ver o que posso fazer, digo que fico feliz e digo, também, que, se não for possível, haverá um outro professor que terá o privilégio de ter uma turma tão incrível. Helena retruca, "Não queremos, por favor, faça um esforço, não desistiremos da senhora!"

A frase "não desistiremos" calou em mim. Nunca desisti de um aluno. Olhei além do que ofereciam, quando ofereciam o erro. Olhei nas histórias sofridas. E confesso, sem autoelogio, que, muitas vezes, demiti influências erradas e contratei com eles um pacto de felicidade. "Está bem, vou fazer o possível." "E o impossível"", exigiu Francisco.

Quando cheguei em casa e vi os meus anos no espelho, agradeci. Como é bom ter a consciência de que compreendi o meu lugar no mundo. Nas salas de aula.

Nos sentires mais bonitos dos meus alunos. Olho ainda no espelho e sorrio, que bom viver mais um dia bom. No porta-retratos, minha mãe, professora também. E seu sorriso de bondade, a herança mais bonita que recebi.

# Meu irmão gêmeo

# 13

Era um dia quente, de um verão quente, de um sentimento quente. Eu estava inteira, mas com o temor dos que se submetem a uma prova. A vida é prova diária. Nem sempre acertamos. Mas era dia de acertar.

Eu ia defender meu mestrado, em uma das mais importantes universidades do mundo, a antiga Coimbra. Meus pais estavam comigo. Meus pais são fortaleza e afeto. Meus pais são horizonte e proximidade. Meu pai escolheu o ofício de lutar, incansavelmente, pela dignidade humana e pelos princípios que a garantem, como a democracia. Minha mãe é, também, advogada de causas nobres, inclusive da causa maternal de cuidar. Os que conhecem a firmeza de meu pai desconhecem, talvez, a docilidade do seu trato com os filhos, com os amigos, com os mais simples que, simplesmente, confiam nele para melhorar o mundo.

Tenho uma irmã mais nova, estudante de medicina, disciplinada na estrada de aprender a tirar a dor das pessoas. Conversamos muito sobre as provas diárias da vida. Nos ajudamos mutuamente. Já choramos e sorrimos juntas, como deve acontecer aos que estendem a mão para compartilhar cotidianos. Meu irmão gêmeo, Alexandre, fez direito como eu. É valente nas opiniões fundadas em estudos e observações.

Pois bem, era o dia da minha defesa de mestrado. Estavam eles comigo. Uma banca começou a examinar o que produzi e a perguntar sobre o que concluí dos aprendizados. Era um dia de verão, como disse, e eu estava, na medida do possível, segura. Segurança nascida da minha disciplina de trabalhar com as dúvidas, de ampliar repertórios e de escrever ideias.

No café da manhã, sorri a família que tenho. Temos humor, brincamos uns com os outros. Temos amor, cuidamos uns dos outros. E, nesse exercício do cuidar, vi os olhos do meu irmão olhando os meus. Seu incômodo com as horas que não passavam era maior que o meu. Quando começou, era ele o mais preocupado. Meu pai mexia a cabeça e dizia que daria certo. Minha mãe abraçava a minha conquista até ali. Minha irmã sussurrava palavras de confiança. Meu irmão disse nada.

Os examinadores foram desfilando saberes. Enquanto falavam, eu ganhava segurança. E tudo aconteceu como a vitória de um dia bom. Passei nessa prova que escolhi escrever como uma das tantas provas da minha vida. Quando meu irmão gêmeo me abraçou, uma memória bonita brincou com as minhas emoções. Nos abraçamos desde antes de conhecermos esse mundo grande. Viviane, nossa mãe, foi nos nutrindo com o seu melhor. Uma vida antes da vida que conhecemos. Uma vida dentro de uma vida que nos amou antes de sermos. Não, já éramos. Irmãos gêmeos abraçando os dias que sucediam dias e que nos davam a formação necessária para rompermos aquele primeiro mundo e nascermos. Se o aconchego do ventre da mãe se encerra, o aconchego da família encerra muitos medos. Outros são necessários para nos proteger, para melhorarmos a caminhada na travessia da vida.

A aprovação do meu mestrado foi apenas um detalhe na gratidão da família que tenho. Gostamos de estar. Gostamos de gastar boa parte da vida compreendendo que a vida é amar. Quando vou cedo ao escritório em que trabalho com a minha mãe e com o meu irmão, quando nos debruçamos em casos que mudam a vida das pessoas, quando simplesmente conversamos sobre o almoço daquele dia ou quando chegamos em casa e os nossos cãezinhos nos latem alegrias, sentimos que é tudo muito bom. Mesmo os cansaços, mesmo as machucaduras das lutas que temos que lutar, é tudo muito bom.

Era um dia quente, de um verão quente, e estávamos em família. Nos dias frios, também estamos. Nos agasalhando. E, nas primaveras, sabemos compartilhar a beleza do viver acompanhado, do viver bem acompanhado.

Meu irmão gêmeo, que bom que viemos juntos sentir o mundo!

# 14 O apagador de almas

Eu era muito jovem, quando ele apagou minha alma. 'Sinto muito, me apaixonei por sua prima." Eu era mulher desentendida dos assuntos do amor. Para mim, só havia ele. Para mim, jamais haveria outro. Eu olhei com os olhos dizendo lágrimas e silenciei um outro humilhante implorar. Ele mesmo abriu a porta, talvez receoso que eu permanecesse mais tempo.

O tempo que estivemos juntos foi de oferecimentos. Eu era dele, inteira dele. Desde a primeira vez em que ele desabotoou minha pureza. Receosa, me entreguei. Eu tinha dezesseis anos. Aos dezenove, ele disse da minha prima. Ela, aos dezesseis, era sua nova empreitada.

A casa ficava em uma rua ao lado de outras tantas casas. A minha impressão, quando saí, é de que todas as casas ficaram de luto. A pedra da rua de paralelepípedos ficou assustada, quando a minha dor cruzou o portão e se foi rua afora.

Minha prima sabia dos meus sentimentos, mas não resistiu. Henrique era sedutor demais. Ela foi ter comigo para se desculpar. Eu disse nada. Fiquei órfã de palavras. Não neguei o abraço que ela insistiu.

Minha mãe ofereceu colo. Sabia ela parte do que eu sentia. Parte do que eu oferecia. Meu pai, ausente de nós, ausente permaneceu nesses assuntos de dor. Alguns dias, fiquei no quarto. Depois, saí. Saí ainda de noite. Pelo menos, em mim. Saí ainda sem saber onde encontrar. Ao menos, saí. Ao menos, a procura. A procura que acende os dias.

Isso foi há muito tempo. Saí da cidade e Henrique saiu de mim. Deixou ele minha prima meses depois. Tentou me procurar, jurou vida nova. Quando da primeira procura, eu ainda era dele, mas não fui.

Minha prima sofreu mais do que eu. E não soube o que fazer. Tentou desistir da dor, desistindo da vida. Foi salva pela mãe e pelos médicos que limparam o corpo dos remédios que poderiam decidir por um ponto final.

Anos depois, nos encontramos, e ela me disse de outras que também sofreram. Eu já vivia uma outra vida, e Henrique era apenas uma cicatriz. Nela, não. ""Eu passo pela rua da casa para ver quem está com ele, faço isso disfarçada." "Meu Deus, faz tanto tempo", argumentei discordando das escolhas. "Sim, ele já não tem a mesma beleza, não sei o que essas menininhas veem nele."

Olhei a teimosia de minha prima. Sua ausência de decisão fazia dela uma sombra. E ninguém se lembra das sombras. A raiva que tive dela, nos dias em que eu me sentia a habitante mais sozinha do mundo, já havia deitado em definitivo nos cômodos do passado.

Errei novamente de histórias. É difícil compreender os homens. Tão solícitos antes, tão displicentes depois. Acreditei e desacreditei muitas vezes. Fui escrevendo escolhas entre rasuras e pausas. Investi em minha profissão. Juíza. Durante anos, sequei qualquer possibilidade de entrega, até conhecer Miguel. Ele reclamou do meu pouco entusiasmo inicial. E foi paciente. Foi percebendo que eu havia embrulhado o amor para só me entregar, quando decidisse ser o momento e a pessoa.

Conto isso porque minha prima disse do falecimento de Henrique. Ligou chorosa. Esperou a vida por ele. Envelheceu aguardando um aceno. Disse que, por ele, mudou de roupa, mudou de gosto, mudou de vida. Que, por ele, mudou o tom de voz e até o espaço entre as palavras e os silêncios. Por ele, irreconheceu a própria alma, tão apagada. E, mesmo assim, ele a deixou por outra, por outras.

"Você não foi, não entendi." Ela fora ao enterro. Quem desentendeu fui eu. Quarenta anos depois, ela ainda esperava um reencontro. Imaginei o velório, os dois mortos. Ele, da vida; ela, da alma. Agradeci o poder cicatrizante da minha caminhada.

Revisitei um pouco o tempo e as minhas ignorâncias iniciais. Vi tantas mulheres desvivendo por homens como Henrique, tão cruéis consigo mesmas, tão carentes de seduzir e de descartar. Vi homens, também, apagados da alegria de viver por histórias de amor sem amor.

Longe de mim a frieza de desacreditar os romantismos. Acredito. Amo chegar em casa e encontrar meu amor. Amo fazer amor com Miguel e sentir que jamais me apaguei para fazê-lo iluminar. As ignorâncias se dissipam na compreensão da força do viver. As rasuras prosseguem nos meus textos. Não há como viver sem os erros. Mas o meu maior acerto é jamais sublinhar o que me oprime. É apagar os que me tentam apagar. É prosseguir dizendo aos dias que estou viva e pronta para viver!

# 15 O apagador de almas – parte 2

Depois do sepultamento, minha prima quis estar comigo. Tive ensaios de dizer da desnecessidade da visita. Há muito não nos falávamos. Não que eu colecionasse algum rancor, mas os nossos mundos se tornaram outros. Éramos estranhas, depois de tantas ausências. Acabei por dizer nada e ela veio.

Fiquei impressionada com o seu envelhecimento. Disfarçadamente, eu olhava no espelho que ficava na parede, centralizado junto à mesa de jantar. Será que eu, três anos mais velha, estava também velha? Não. Decidi. A falta de amor pela vida é que nos envelhece.

"Eu o amei, prima, muito mais do que você o amou." Tive vontade de prosseguir no silêncio. E, assim o fiz.

"Sei que ele nunca me esqueceu, essas mulheres todas eram distrações, eu fui a mulher que ele amou." Virei um gole do chá de cidreira que nos acompanhava com algumas guloseimas de chocolate que não me despertavam apetite.

"Tive ódio, também. Mais de uma vez, pedi a ele que devolvesse cada dia do meu sofrimento." Reagi, perguntando de alguma atitude dele. "Prima, ele desautorizou meu amor."

Aproveitei o que ela disse para tentar desdizer algumas de suas teimosias. Ele era um homem interessante, certamente. Fui seduzida e, depois, trocada. Quando saí daquela casa, minhas pernas aborrecidas não sabiam aonde ir. Mas fui. Fui até o dia em que consegui suspender a tristeza.

Nos meses depois que fui trocada, silenciei os meus sonhos. Eu era razão e nada mais. Quando vinha a imagem dos dizeres dele, do toque dele, do suor dele em mim, eu desligava.

"Prima, você está distante." Respondi que estava saboreando o chá. Mas a incômoda visitante me trazia lembranças que não precisavam ser lembradas. Não gosto de colecionar dor. Ele morreu em mim antes de morrer e, assim, deixei de esperar por ele.

Minha prima ficou com ele por menos de dois anos. E mais quarenta anos de aguardar. Não me parece razoável, não me parece inteligente.

Eu estava tão acostumada à ausência que demorei para autorizar Miguel. Autorizei. Sou feliz. Assunto encerrado. E, então, por que receber minha prima e seus velórios? Por que ouvir as notícias de jornais tão antigos?

"Prima, eu ficava sentada em uma praça, perto da casa dele, a mesma casa em que vocês se amaram e que eu e ele nos amamos. Ficava vendo a sua chegada com outra mulher, a luz do banheiro que dá para a rua acesa, o tempo que eles demoravam para fazer amor." Não, não era amor. Era fuga. Os homens que precisam conquistar e descartar as mulheres são fugitivos.

Foi quando pedi que ela parasse de decidir se foi ele, ou não, infeliz e perguntasse a ela mesma se valeu a pena desperdiçar a vida vivendo um amor sem amor. Ela me olhou com complacência e me sorriu sinceridades: "Eu não desperdicei a vida, prima, eu vivi, mesmo que em mim, a mais linda história de amor."

Não sou dada a decisões apressadas, nem no meu ofício de julgar, nem nos julgamentos que faço das histórias que se misturam à minha. Quem sou eu para dizer quem foi mais feliz? Minha prima, talvez, não tenha estacionado a vida como julguei. Talvez tenha sido mais interessante do que eu possa imaginar. Mas há algumas coisas sobre Henrique que talvez eu devesse falar, para apagar de vez aquele que a tantas apagou. Não, ele nunca me apagou, porque eu não permiti. Pelo menos, é isso o que digo a mim mesma, tentando acreditar.

"Como é bom esse chocolate, prima." Saboreando o que saboreava, ela me pareceu não ser dada a desperdícios.

# 16 O apagador de almas – parte 3

Achei por bem dizer, não para afastar a alegria, mas para enterrar com o falecido o tempo, também morto, de nossas vidas.

Quando Henrique apagou minha alma, naquele dia quente de um interior quente de histórias fadadas aos reinícios, parti para não me partir ainda mais. A dor da rejeição é dor de difícil reparação. Era minha prima que ele queria. Não, não era minha prima que ele queria. Era minha prima, também. Algumas semanas depois, nos reencontramos e eu não disse "não". Fiquei algum tempo prosseguindo com o corpo que já sabia não ser meu. Um ""não" demora a ser pronunciado dentro da gente.

Ele não queria que minha prima soubesse. Nem eu. Eu não queria que houvesse minha prima. Eu não compreendia que outra história poderia nascer, que era preciso, apenas, que eu fechasse e abrisse a porta. Foi então que, definitivamente, mudei. Fui estudar na cidade grande, mesmo sentindo que grande parte de mim demoraria a se mudar. Ele foi comigo. No pensamento e em algumas visitas, antes do ““não”” definitivo ser pronunciado.

Quando finalmente ele terminou com minha prima, eu já não mais queria prosseguir. Minha alma já estava nos livros, na aspiração de devolver justiça a vidas sofridas pelas ambições humanas. Não fosse querer mais do que se tem direito, muitas guerras seriam evitadas.

O tempo apagou, vagarosamente, a dor. Vez em quando, eu acordava atordoada de lembranças do seu corpo. E justificava o injustificável. Dizia a mim mesma das suas carências. Um viciado em sedução. Eu sabia que ele nunca seria meu. Talvez porque iniciou errado. O sexo nasceu antes dos afetos. A mãe de Henrique nunca foi de Henrique. Eu sabia o que seu padrasto havia feito com ele, desde cedo. Eu sabia do fingir não saber da sua mãe. Ele dizia com alguma lamentação, nos poucos momentos de sinceridade que nos costuravam, depois das rasgaduras que suas idas e vindas provocavam em mim.

Os estudos e a decisão de ser juíza ampliaram os meus territórios do existir. E, quando consegui dizer “não”, foi como uma mudança de estação da minha alma. Uma primavera apresentando florescimentos. E dias novos trouxeram dias novos e demitiram dias passados. Ou melhor, guardaram nas prateleiras da memória o que apenas na memória deve permanecer.

A vida com Miguel demorou a oferecer prazer. Ele não tinha a destreza de Henrique no desbravamento do corpo de uma mulher. Era rápido onde deveria ser vagaroso e vagaroso onde deveria ser rápido, para aprender que precisamos de um pouco mais. Henrique sabia dos tempos, conhecia a geografia do meu corpo e não descansava, enquanto não me sabia plena de prazer. O problema era o depois. Era saber da outra, das outras. Não, acho que estou exagerando. Não gosto de pensar em Miguel como inferior a ele no tema do amor. Até porque o amor não é apenas cama. E, com o tempo, nos ajeitamos. E, com o tempo, nos descobrimos. E nunca mais tive outro homem a não ser em alguns dias loucos em que a memória de Henrique voltava. Apenas a memória, eu juro.

Nunca mais nos falamos. Até o dia em que minha prima ligou para falar da morte e do sepultamento. Até sua visita que parece interminável.

““Prima, no que você está pensando? Por que esse silêncio todo?”

Melhor não dizer. O que muda se ela souber? Se eu disser, é apenas para dizer que não fui trocada. O que nossas histórias ganham com isso? Há segredos que merecem prosseguir, principalmente quando fazem o passado mudar o presente, acrescentando dor em vidas já doídas.

Sorri dizendo do cansaço e de algumas decisões que falavam dentro de mim e inventei conversa.

Minha prima voltou a falar do interior, de Henrique e de outras vidas que ficaram de onde já saí. Da janela do apartamento em que moro, é possível contemplar o pôr do sol que estava especialmente deslumbrante naquele dia. Convidei minha prima para que nos levantássemos para ver o despedir do dia. E, logo depois, nos despedimos.

Entrei para tomar banho e sentir a água limpando até os pensamentos. Não, os pensamentos podem permanecer, já não mais doem. E daqui a pouco chega Miguel. Que bom que temos um ao outro.

# 17 O luto das casas

Toda a cidade chorou. Todas as janelas decidiram fechar as cortinas. Morreu a Socorro, Maria do Socorro, minha avó.

Eu tinha pouco mais de quinze anos. Estava voltando da escola e vi a multidão e o silêncio. A mulher que tinha o ofício de curar destinos se despediu da vida. Foi isso o que o padre disse, enquanto rezava diante do caixão.

Eu, talvez, não soubesse tudo o que ela fazia. Meu avô foi um homem poderoso da cidade. Amealhou um dinheiro que dava para minha avó fazer o que bem entendesse. E ela entendeu ajudar. Não conheci meu avô. Falavam dele como um homem correto. Cresceu no trabalho e trabalhou até os instantes finais. Tiveram cinco filhos, dentre eles, o meu pai.

Meu pai morreu cedo, eu era criança demais para o sofrimento. Foi minha avó que, mãos dadas, andou comigo o caminho da bondade. Minha mãe conheceu outro homem, e tive mais dois irmãos. Não julgo minha mãe. Tão jovem. Tão pronta para a vida. Não gostei do seu marido, disse nada sobre isso e prossigo não dizendo. As escolhas das pessoas que amamos competem a elas. Chorei criança, quando os vi juntos. Ele grosseiro, ela carente. Ele vestido de arrogâncias, ela nua de saudades do que nem sabia.

Minha avó fez o casamento que minha mãe quis. Quis uma festa longa. Minha avó atendeu. Depois de não muito tempo, ele se foi, e ficaram minha mãe e meus irmãos na casa grande da minha avó.

Quem cuidava de mim, nesse tempo, era Katia Cristina. Minha avó a chamava pelo nome composto, e eu achava bonito. Eu via as duas na mesa grande da cozinha, minha avó, pacientemente, a ensinando a escrever.

Muitas foram as que trabalharam com minha avó e foram ajudadas para escolherem seus caminhos. Com minha avó, aprendi o conceito cristão do amor ao próximo. Ela não podia mudar o mundo, mudava, então, os mundos do seu entorno.

Quando os dias estavam por se despedir, ela nos fazia crianças, em qualquer idade, para ouvir histórias. Eram lindas a paisagem que víamos da varanda e a sua voz contando narrativas que nos ensinavam. Era ela a maior apoiadora das causas sociais da cidade. O asilo. O orfanato. O hospital. A casa que atendia os que não tinham casas.

No velório, estavam os padres, os pastores, o rabino, o líder do centro espírita, a mãe de santo. Minha avó era frequentadora de missas, quase que diariamente, era católica, devota de São Francisco e Santa Teresinha. Minha avó entendia religião como religião deve ser entendida, o que liga, o que religa, o que não desliga.

No centro espírita, havia uma grande creche doada pela minha avó. Na maior igreja evangélica da cidade, os instrumentos musicais foram doados pela minha avó. Eu não sabia, ela não dizia o que fazia. Só sabia de andar de mãos dadas com ela visitando esses lugares todos. Falando com o prefeito sobre os que dormiam na rua. Dizendo à Katia Cristina que nunca negasse comida a alguém. Na porta da casa, sempre havia os que passavam e pediam. Havia uma mesa quase na entrada e ela convidava a se sentar. Achava indigno colocar a comida em uma vasilha e dar a quem nada tinha.

Quando meu pai morreu, a cidade também estava lá. Mas não me lembro tanto. Lembro dela. Da sua dor silenciosa. E do seu colo. Enquanto iam e vinham com os cumprimentos, eu, sentado no seu colo, alimentava sua vida de futuro. Minha mãe preferiu o quarto e chorou a viuvez precoce. Foi um acidente. Foi um dia triste.

No enterro, os jovens da Assembleia de Deus, o coral que ela patrocinava, cantaram. Eu olhava para o céu e sentia que ela via tudo. E uma paz foi demitindo a dor da despedida. Katia Cristina disse que ela havia deixado uma longa carta para mim. Que me entregaria quando chegássemos em casa. Nos abraçamos abraçando a memória de uma vida que nos ensinou a vida.

O luto das casas era apenas por respeito, não por desespero. A vida é um nascer e é um explicar o que fica. Se nos perdemos, plantamos nada, e o solo nada oferece para a humanidade.

Voltando para casa, deitei sozinho em uma rede em que tantas vezes nos deitamos juntos. E chorei feliz. Chorei aguardando a carta que Katia Cristina se prontificou a buscar. Ela morreu no dia 4 de outubro, dia de São Francisco. A última missa que fomos juntos foi no dia 1º, dia de Santa Teresinha. Ela chorou na parte final, quando uma chuva de rosas caía sobre a igreja. Olhou para mim e sorriu, explicando que era esse o desejo da Santa Teresinha, que, depois da morte, pudesse lançar rosas para perfumar a terra. "Meu neto amado, a morte deve ser linda." Disse isso abraçando a foto do meu pai e do meu avô, que ela levava sempre nas missas festivas.

Balançando na rede, balançavam as memórias em mim. Maria do Socorro, minha avó, a que amava a vida e não temia a morte, é santa também.

# 18 A carta de minha avó

Eu balançava a tristeza na rede, enquanto aguardava a carta. O dia ainda distava do fim. Katia Cristina veio andando com andar calmo. Aproximou-se de mim vestida de silêncios. Os seus olhos diziam os seus sentimentos. Estava triste como eu.

A morte não nos surpreende, evidentemente. Sabemos que não temos o poder de eternizar quem amamos. A não ser na memória. A não ser nos esconderijos que nos habitam e que nos ligam pelas linhas sagradas que unem o de onde viemos para o aonde vamos. A morte não nos surpreende, mas não nos traz remédios aliviadores de saudade.

Ela entregou a mim com a cerimônia adequada ao instante. Eu peguei e agradeci. A rede ficava ajeitada entre uma árvore antiga e uma outra mais nova. Ambas árvores. Ambas oferecedoras de frutos e emprestadoras de sombras. E, perto, um banquinho em que, muitas vezes, me sentei com minha avó para brincar de não fazer nada. Para brincar de sentir o bom de estarmos juntos.

Confortada no banquinho, a fiel Katia Cristina olhava para mim. Seu olhar era de prontidão. Ela queria ouvir a carta. E eu queria ler em voz alta a carta de minha avó – minha avó, a mulher que exercia o ofício de curar destinos.

"Neto meu, tão amado Miguel, sei que não sou uma devolvedora de felicidades e sei que você deve estar triste.

Senti, há não muito, que os meus dias estavam escapulindo de mim. Os sonhos já me diziam despedidas. Lembranças tantas foram refazendo os meus caminhos. Você sabe que a morte não me oferecia medo.

Caminhante que sou, sempre soube que chegaria o dia de deixar os pés e acreditar no alto. O alto que nos retira tudo o que não é nosso e nos leva para Deus, meu neto. Ninguém me faz acreditar no contrário. Não sei como será, sei que será. Não sei como é Deus, sei como senti Deus na minha passagem por entre tantos que pude amar.

Você tem tanto para sentir, Miguel. Você, de todos, é o que mais se parece comigo. Eu vi, tantas vezes, seus olhinhos perfumados de lágrimas diante da dor do outro. Você queria ir comigo, quando o assunto era cuidar. E não se distraía nem inventava surdez, quando a voz do outro suplicava ajuda. Era como um poema ouvir você dizer, "Vovó, aquela senhora está chorando, faz alguma coisa", "Vovó, aquele menino está com fome, vamos ajudar", "Vovó, vovó, vovó." Sua voz era uma música celestial em mim.

E quanta coisa boa fizemos juntos! Agora é com você.

Não deixe o crescer diminuir a sua crença no amor. O amor é o sussurro de Deus dentro de nós, é o sussurro que pede para ser canção no encontro com o outro. O amor é único, e é muitos. O amor é um roçar o terreno para os plantios corretos. É um aspergir de água que alivia as sedes. É o outro, Miguel, que nos relembra quem somos. Quando nos esquecemos disso, o outro desaparece. Quando o outro desaparece, nós desaparecemos.

Você tem ainda quinze anos. Vão te dizer que você deve competir, que você tem que vencer, que você não pode ser fraco. Eu te digo o contrário, aceite suas fraquezas para que as fraquezas do outro não te incomodem. Aprenda a cooperar para que as vitórias sejam acompanhadas.

Sei que deixo a vocês uma herança. Espero que não se desentendam. As coisas nos devem servir e não o contrário. Quantas guerras no mundo e nas famílias por coisas que ficam o dia que formos.

Deixei um presente especial para Katia Cristina, e parte do que eu tinha para manter os lugares de caridade que fizemos.

Estude, meu neto. Nos livros e nas pessoas. Estude as teorias e os sentimentos. E escolha a profissão que você quiser. E, na profissão que você escolher, seja bom. Apenas isso.

Obrigada por ter ido comigo à missa de Santa Teresinha. Foi uma despedida linda. Eu sentia que já estava pronta para viver a vida que prossegue, quando os olhos fecham. Meus olhos estão abertos em você. Enxugue essas lágrimas para que você possa enxugar muitas lágrimas na caminhada do seu existir. A morte não é o fim.

Estamos juntos, meu amor.

Sua avó, Maria do Socorro".

Terminei a carta e olhei para Katia Cristina.

"Ela leu para mim, Miguel, queria ouvir também na sua voz."

Eu sorri. Ela prosseguiu.

"Sei tão pouco, mas o pouco que sei sabe que ela não tem fim. Ninguém tem."

O entardecer daquele dia amanhecia sentimentos lindos em mim. Balancei um pouco mais na rede com os olhos fechados e respondi dentro de mim a sagrada carta da minha avó.

# 19 Os campos bonitos da vida

Amar ou armar?

Palavras tão próximas.

Uma letra apenas.

As duas são verbo.

Verbo é ação.

Uma palavra é jardinagem nos campos bonitos da vida.

A outra é sabotagem da própria vida.

Armar uma criança é impedir a pureza do seu brincar.

É sujar a água próxima à fonte.

Armar uma criança é roubar dela a criança. A criança que, se não fossem armas, amariam.

Uma criança que ouve ódios repete ódios. Uma criança criada para o matar poderá matar.

Mar de insanidades esses tempos.

Crianças ressurgindo de escombros e pedindo mãe. Mãe já morrida por adulto armado. Adulto armado por líder que não é líder. Se líder fosse, amaria.

A sua gente. As gentes todas. Líderes têm responsabilidade e respeito. Têm autoridade intelectual, moral e humana.

Líderes convencem os desejos menores, como os de armar, a compreender que os sentimentos maiores, como o de amar, é que perpetuam humanidades. Líderes amam crianças, porque crianças são florescimentos que perfumam amanhãs. Líderes protegem crianças.

Crianças estão morrendo por armas espalhadas. Morrendo antes de experimentar os campos bonitos da vida.

Sem crianças, não há campos. Há campos mortos pelas ausências.

Uma criança não amada não é uma criança. É uma vida desperdiçada.

Os barulhos dos adultos escondem os adultos. E, com eles, as verdades. Os barulhos dos adultos criam verdades que não são verdades. São armas. Armas que matam. Dos dois lados. "Matam" é palavra que pode ser lida da direita para a esquerda e da esquerda para direita. Será sempre "matam".

Os sangues jorrados das crianças que vivem à direita ou à esquerda são os mesmos.

As lágrimas que choram as crianças de um lado ou de outro são as mesmas lágrimas.

O amor, também.

A cena de uma mãe amamentando o seu filho é linda em qualquer dos lados. Ou dos pais brincando de felicidades e contando as histórias que contam o amar e não o armar. O que nos traz paz são cotidianos de paz. Por que então a guerra? A guerra é sempre um fracasso. Um fracasso do amar.

O amar é verbo que une, que explica o que somos, ajudantes uns dos outros no caminhar. Não há caminhar solitário. Nascemos de encontros e nos encontramos, quando ajudamos uns aos outros.

A chuva ajuda a terra, que ajuda a árvore, que ajuda os pássaros a cantar. Cada canto sabe o seu canto.

E o canto dos homens?

O canto dos homens é o canto da liberdade.

É o canto que escolhe amar ou que, desencantado, cai no armar.

Amar ou armar?

Palavras tão distantes.

Um deslize, apenas.

Na não compreensão da humanidade.

Da humanidade que ganhou de presente os campos bonitos da vida.

Bonito é ver as crianças amarem. É ver os sorrisos que brotam desse amor. É ver as mãozinhas miúdas de diferentes povos povoando de felicidade a vida.

Amar ou armar?

É de dentro para fora que as decisões decidem paz.

É de dentro para fora que se conhecem, que se preservam os campos bonitos da vida.

# 20 Silêncio

O dia amanheceu entristecido. Da janela, não vejo. Uma névoa adia o amanhecer. Ligo o rádio. É inverno. É inverno em qualquer estação.

Levanto com displicência. Cansado de tantas oratórias de morte. Paro diante do oratório de minha mãe. Vejo os santos. Vejo a imagem de Nossa Senhora e oro.

Minha mãe era uma mulher de rezas. Para tudo acendia vela. E explicava, detalhe por detalhe, o que ela precisava. E, se o motivo da oração era outra pessoa, a explicação era ainda mais minuciosa. Eu dizia, ""Mãe, Deus sabe da história, não precisa dizer tanto." E ela respondia, ""É melhor, meu filho, é muita gente pedindo."

Com o tempo, fui entendendo que a oração tem o poder de melhorar o orante. Na oração, o silêncio. No silêncio, o expurgo dos barulhos do mundo.

O rádio diz de um homem, de um homem velho, assaltado por seis no centro de uma grande cidade. O homem velho e pobre irritou os que roubavam dele a paz e foi jogado. Outras pessoas viam. Não viam. Sofri com aquele velho. Pensei no meu pai sendo tratado assim. Pensei nas bagunças das cabeças das pessoas.

O rádio diz da guerra. E das crianças. É inverno no coração de quem comanda. Pensei que poderia ser eu. Eu, criança, morto na guerra. Eu que deixaria de ser, porque alguém impediu. Eu, vida roubada por ladrões de vidas.

Costumo acordar cedo e gosto de ouvir o que acontece. Minha mulher se levanta um pouco mais tarde. É cantora. Como gosto de ouvir a voz de minha mulher. Seus cantos de amor. Sua entrega à arte. Estamos juntos há trinta anos. Não tivemos filhos. Essa é uma outra história.

Carmen e eu nos conhecemos em um teatro. Foi ela quem tomou a iniciativa. Ela gosta de contar essa história, das suas palavras e do meu silêncio. Eu a amei, desde sempre, mas não disse. Disse para dentro. Meu pai era assim. A que falava muito em casa era minha mãe. E meu pai olhava apaixonado as suas intermináveis frases.

Sou professor. Professo a esperança todos os dias, mesmo desesperançado. Na escola em que trabalho, não poucas vezes, vi preconceitos fazendo fila e causando dor. Vi teorias dos que dizem que o ser humano é assim, perverso. Até presto atenção para ver se me convenço, se estou errado.

Não. O ser humano não é perverso. Ou, talvez, não seja nada. Seja folha a ser escrita, barro a ser moldado, canção a ser cantada. Minha mulher não desafina, é o seu trabalho ter a voz limpa para limpar as névoas que surgem nas gentes em dias tristes. Mas não é errado desafinar. É parte dos preparos. O errado é não compreender os desafinos.

O mundo está desafinado. E há muitos maestros cansados. É por isso que rezo. Rezo até por mim. Para que eu prossiga ensinando o certo. Para que eu, mesmo em campos devastados, enxergue as sementes.

Quando explico a Deus o que o mundo precisa, aprendo com as minhas explicações. O silêncio é ensinador. As melhores frases nascem depois de instantes preciosos de silêncio!

Começo a preparar o café. O cheiro acorda Carmen. Ela vem cantando. Não ouviu as notícias do rádio. Às vezes, é melhor. Ela vem e começa a me ajudar. Cantando. Esqueço que é inverno no mundo e vejo flores florescendo na cozinha de casa. Ela me beija. Nos olhamos. O dia vai ficando alegre. É de alegria que precisa o mundo. A alegria é filha do amor. O amor precisa de silêncio. O amor é semente germinante no silêncio. O amor é espera regada no pensar e no sentir. Os meus pensamentos não deixaram de pensar nas dores do mundo, enquanto eu sentia o beijo de Carmen. Mas o beijo de Carmen me emprestava forças para acender alegria em mim.

Acendo uma vela, como fazia minha mãe, e, depois do café, vamos para o quarto, Carmen e eu, sentir a escolha certa de trinta anos atrás.

Agora é uma música na estação romântica que acompanha o silêncio dos nossos corpos sendo um. É, então, primavera.

# 21 O tempo da compreensão

Faz não muito tempo que um amor fechou as portas e abriu vida com outro.

Faz não muito tempo que chorei a rejeição, a troca, a solidão, o abraço sem abraço, as palavras emudecidas. Era uma dor que doía eternidades, tempo do abandono.

Ouvi vozes acalmadoras, vozes explicadoras do tempo. Do tempo da espera. Do tempo em que a noite parece invadir o dia e demitir a luz.

A escuridão em mim foi se acalmando no tempo dos alívios. Antes, no tempo da solidão, era espera errada, história inventada de um amor perfeito. Eu olhava para a porta e chorava a fechadura sem movimento. As utopias de uma volta arrependida.

Demorei algum tempo para ver nascer o tempo da compreensão. Então, me vesti de vida e consegui caminhar nas calçadas sem o medo dos encontros.

Em um dia, vi os dois. E os dois me viram. Éramos próximos nós todos. Um já era do outro, quando imaginava ser apenas meu. Soube depois. Sofri as mentiras, quando decidia se haveria em mim o tempo do perdão, se a porta se abrisse e as desculpas quisessem entrar.

A porta nunca se abriu, não para a volta. Na volta da mesma cidade em que morávamos todos, vi os dois. Não se constrangeram comigo. Era como se eu nunca fosse. A boa notícia, entretanto, era que o tempo do desprezo já não mais fazia noite em mim. Vi os dois. Mais gordos do que no meu tempo. Gordos de gestos exagerados. Gordos de arrogâncias que eu não via, quando éramos.

No restaurante, os dois brigaram. Disseram indelicadezas ao garçom. Reclamaram de tudo. Vozes em tons descuidados. Meu Deus, como os dois se pareciam!

Uma enciclopédia de dúvidas fez incômodos em mim. Eu sempre disse da bondade, da perfeição, do cuidado gentil do meu amor que partiu. Eu menti, então? Menti para mim mesmo? Eu menti ou o amor que deixou de amar é que mudou? Eu menti ou era de disfarce que ele vivia, quando vivia para mim?

Na mesa comigo, uma amiga bem mais velha falava do marido e do seu tempo do esquecimento. E dela mesma. Do tempo das despedidas. E dos desperdícios do tempo gasto no estar ou no pensar em quem não está ou não pensa em nós.

Dispensei a atenção aos dois que, em tempos não muito distantes, me causaram estragos. E um alívio nos fez companhia, enquanto falávamos e comíamos o tempo da amizade. Agradeci ao garçom o serviço bem feito. Agradeci ao cozinheiro o preparo. Agradeci à minha amiga o compartilhamento dos medos da finitude. O fim é o que explica a estrada e é o que despede os passos já dados.

Ver as deselegâncias ajudou a ver. Fazia calor e eu fui caminhando tranquilo pelas calçadas, testemunhas de tantos passos, de tantas histórias.

Um perfume de rosas de uma casa simples me fez parar. O tempo da compreensão nos presenteia com essas delicadezas que o tempo das ausências desperdiça. Uma árvore forte me fez imaginar a força da permanência nos tempos que mudam. O tempo da compreensão é o tempo do amor. Ou dos amores. Ou dos florescimentos. E é, também, o tempo das podas. Da coragem necessária para deixar o que nunca nos pertenceu.

# O retrato do retratista

# 22

Já não são como antigamente as casas dos retratistas. Nem os retratos. Retratos dos ontens ficam guardados no compartimento sagrado que responde pelo nome de memória.

Era uma casa simples ao lado de tantas outras. E uma placa na porta explicando a profissão. Era Geraldo o seu nome, o mesmo do pai, o mesmo do avô. Quando eu era criança, pai e avô já dormiam o dormir da eternidade.

Geraldo era solitário. Sei nada de sua vida. Sei dos mistérios que eu imaginava. O lugar em que eu me sentava para a foto. O seu arrumar da minha postura. O pano preto ao fundo. A máquina grande. O barulho da luz melhorando a imagem. O silêncio depois. A revelação. A foto.

Um dia, eu estava com meu pai sentado aguardando. Demorei tempos para entender a importância, o significado do aguardar. Fazimentos desmesurados nos embrulham de ansiedades, de corridas sem propósito, de incompreensões dos instantes. Comíamos pipoca na praça, enquanto minha mãe arrumava o cabelo no salão da Mariza. Na cidade pequena, havia duas cabeleireiras. Uma mais central, perto da igreja matriz, e outra no bairro alto. Estávamos perto da igreja, ao lado de onde também morava o retratista.

Então, ele veio caminhando, vagaroso. Demorei tempos para valorizar o vagar, a ausência das pressas, o milagroso instante que aprecia ser apreciado. Ele cumprimentou a mim e ao meu pai. E prosseguiu em direção à venda do Anastácio. Todos nós comprávamos lá. Ele anotava em um caderno as retiradas e os pagamentos que deveriam ser feitos no início do mês.

Eu gostava de imaginar o que as pessoas imaginavam e gostava de espichar a minha imaginação para o que faziam quando tinham que fazer.

"Pai, quem tira o retrato do retratista?"

Meu pai sorriu carinhoso e maneou a cabeça querendo entender por que eu estava matriculado na escola das perguntas. Hoje, agradeço o entendimento do valor do perguntar, do convívio com as dúvidas, da curiosidade que toda criança tem e que o crescimento pode fazer decrescer. Meu pai quis saber para qual ocasião o retratista precisaria do próprio retrato. Fiquei em silêncio. Eu havia ido para fazer a carteirinha do único clube da cidade, foto pequena, oportunidade grande de nadar na piscina que era vigiada por dona Ilza, uma mulher poderosíssima, porque decidia se estávamos prontos ou não para mudar de piscina. E sabia de cor as nossas idades, a ponto de ficar na porta do salão, nos carnavais, separando os de idade certa e os de idade a esperar o tempo certo para a autorizada folia.

Eu disse que ele poderia precisar fazer algum documento, meu pai aceitou a resposta e elogiou minha preocupação. Animado com o aceite dos meus ditos, fui além, e antes, quando ele precisou. Eu mesmo respondi. Tinha o pai. Eu mesmo prossegui olhando nos olhos bons do meu pai.

““Pai, eu não quero que você morra.”

O abraço daquele dia da espera da arrumação do cabelo da minha mãe, naquela praça, no tempo da vagarosidade do tempo, ainda mora em mim. E a resposta, também:

“Filho, há coisas que não decidimos.”

Era carinhoso meu pai. Mãos grandes, mãos talhadas para o acariciar. Mãos dispostas a caminhar junto.

Na volta do retratista com as coisas da venda, meu pai falou com ele do meu carinho por seu ofício. Eu tive receio que ele fizesse a pergunta de quem tira o seu retrato. Meu pai não era das inconveniências. Só dizia o que enternecia.

É a lembrança que tenho. Morreram todos. Fotografias acumuladas de álbuns que gosto de visitar. Mesmo em dias tristes. Mesmo em dias apressados. Eu acalmo o dia retirando o pó dos passados e enxergando o que já vivi.

Vez em quando, é bom pensarmos no filme da nossa vida. Outras, vale parar nas fotografias. Instantes que foram desenhando a imagem que temos hoje. Talvez tenha mais passado que futuro, nesses tempos que conto.

Outra frase que ouvi tantas vezes de meu pai nas tantas perguntas que eu fazia:

"Nem tudo sabemos, meu filho, nem tudo sabemos."

O retrato do retratista que eu faço era o de homem que tinha a paciência de buscar em nós a nossa melhor imagem. É o que tento fazer, mesmo depois de tantos negativos. Há uma imagem, muitas vezes apagada, de uma vida que merece ser fotografada na posição certa. E é por isso que Geraldo acendia aquela luz. Acender luzes para melhorar as imagens deveria ser a profissão de qualquer profissão.

Já não são como antigamente as casas dos retratistas.

# Sobre o Dia da Consciência Negra 23

Não posso sentir o que sentem os que, ainda hoje, sentem as dores do racismo.

Minha dor é dor da humana tristeza de ainda não nos reconhecermos como irmãos.

Não tive os meus ancestrais vindos acorrentados em porões de navios negreiros. Mas oro, com Castro Alves, a incompreensão de 'tamanho horror perante os céus'.

Por quê, Senhor? Por que tanta noite confusa? Por que filhos seus arrastados da própria terra, obrigados ao adeus, às despedidas do amor?

O portal do não-retorno, em África, chorava as irracionalidades. O baobá gigante, incrédulo, avistava pela última vez os seus em voltas de dor.

Eu não tive portas fechadas pela minha cor. Então, não posso dizer que sei o que passam os que passam humilhação por não terem a cor que, injustamente, decidiram alguns ser a que abre as portas.

Leio, indignado, as estatísticas dos que mais são vítimas de todas as violências, dos que mais precisam provar honestidades, dos que precisam justificar o não erro. O erro é a injustiça. O erro é a incompreensão diante da dor do outro. O erro é o racismo que desestrutura as relações humanas.

Tanto tempo depois dos açoites, dos pátios cobertos de sangue, dos trabalhos inumanos, e a miséria humana prossegue.

Não, não podemos acreditar que as legislações resolveram o que a ausência de sentimentos provocou. As legislações deram passos essenciais. Mas há muito o que caminhar. O que é crime na Constituição e nas leis é, disfarçadamente, praticado nos tantos nãos que recebem cidadãos como nós.

Estúpido fracionamento dos humanos em superiores e inferiores. Em suspeitos e insuspeitos. Em convidados para a casa principal e alijados para o canto do servir.

O servir é nobre, quando servimos todos. Quando servimos à causa de Luther King, o sonho de que as crianças aprendam, desde cedo, as irmandades e que brinquem juntas, no campo da vida, a felicidade.

Sou professador de tempos melhores. Não posso aceitar como fato o fato de vivermos, ainda, os tempos dos preconceitos. Sou crente dos plantios de novos tempos. Em que a paz seja o sol que aquece a terra e a sombra de tranquilidade a que todos, sem distinção, têm direito. Direito a não ser importunado, direito a ocupar os espaços das aprendizagens, dos trabalhos, do lazer. Direito a olhar para si mesmo e reconhecer a linda imagem da singularidade. Não há dois seres humanos iguais nos bilhões que compõem o universo. O universo que tem os mares, as terras, os céus para todos.

Que o Dia da Consciência Negra nos relembre a liberdade. O direito à liberdade. O direito à liberdade tão irmão do direito à igualdade. Direitos que contam com o direito à educação correta para caminharem o caminho que falta - e como falta - para vivermos como irmãos.

# 24 Sua excelência, o tempo

Há ventos por todo lado. Nada fica inerte. Os que se tentam agarrar erram. Há feridas e há cicatrizes. Há espaços de honrarias e há noites indormidas de incompreensões.

Quem compreende o tempo?

A grande árvore resiste às estações e assiste aos desajustados que imaginam algum poder. Imaginação infrutífera. Poderes caem como caem os frutos da árvore. E outros brotam. E caem depois. Há os que alimentam e há os que se desperdiçam. Nada é estático.

A velha rocha sabe. Uma sabedoria ensinadora aos humanos. Os humanos se perdem nos acotovelamentos. As rochas, não. Estão onde estão.

Os ventos ventam os humanos. Cada dia é um dia. Um dia morre. Um dia nasce. Os humanos não seguram os dias. Nem quando querem. Os quereres humanos têm seu barulho. Sua loucura. Sua inacreditável decisão de que decidem. Quem decide é o tempo. Sua excelência, o tempo.

Os que estão no alto caem. Os que estão caídos podem se levantar.

Os que se abraçam ao poder, que imaginam ter, não abraçam a ninguém, nem a si mesmos.

O tempo é generoso nas arrumações, nos alívios. Mas é implacável nos desfazimentos. O tal do poder que os humanos buscam, sem saber o que é, e o que com ele fazer, dói. Sobem neles, nos humanos, sentimentos menores de que mandam, de que podem, de que são mais do que são, de que os outros são menos do que são.

O tempo vê. Os olhos do tempo são incansáveis. Os sons do tempo, para os que compreendem a árvore e a rocha, tranquilizam. A dor faz parte da vida. Os frutos que alimentam aliviam a dor. Os humanos, alimentadores de humanos, doem menos. Os que se recusam apodrecem.

Incompreendem os humanos que os instantes de arrogância desfazem o bonito que o vento traz. O vento traz encontros, o vento traz paisagens que se seguem de outras paisagens movimentando a vida. A vida é feliz no tempo. As infelicidades estão nos apegos, nas ausências de lucidez. O tempo é luz que ilumina as árvores e as rochas para que os humanos vejam.

Os humanos que sobem nas rochas e imaginam a eternidade das alturas erram tanto como erram os que olham para a subida e imaginam não ser a subida o caminho para eles. Caminhantes são todos. Os que decidem não caminhar são levados por caminhos de outros. Parado, ninguém fica.

O tempo escreve nos corpos humanos avisos de despedidas. O ontem se foi. E, com ele, a sabedoria dos desapegos e do perdão. Do perdão, inclusive, a si mesmo. O amanhã ainda não veio. O tempo do hoje se desperdiça quando o amanhã chega antes nos medos do que nem se sabe. Os ansiosos humanos e seus sofrimentos.

Os humanos se cansam nos acotovelamentos, enquanto a rocha descansa o encantamento da natureza. Enquanto a árvore alimenta os voos que enfeitam a vida de sons surpreendentes. Os pássaros se sabem pássaros. Os humanos sabem nada; se soubessem, saberiam o tempo. O tempo arrumador de bagunças. O tempo ensinador de essencialidades.

Alimentar com frutos de amor é a essência dos humanos. É o florescer no tempo dos espaços do existir. É o plantio honesto que não estraga a terra. A terra, planeta casa dos humanos e das rochas e das árvores e dos pássaros, metáforas da liberdade.

Sua excelência, o tempo, ensina que a liberdade é o que têm os humanos para aprender o sorriso. O sorriso eterniza o tempo na memória de quem soube dar amor. Os que dão amor sabem desgarrar. Sabem o bonito do choro do adeus. Sabem agradecer as despedidas. Sabem permanecer na contemplação do tempo.

Sabem nada os que pensam mandar. Quem manda é o tempo.

Há ventos por todo lado. O melhor é se deixar levar. É lavar as pretensões de poder e poder ser quem se é, filho de um tempo e de muitos espaços de alimentar.

## 25 Um acordar de poesia

Eu olho ao lado e desacredito de tamanha beleza. Passo suavemente a mão pelo corpo sem cansaço, descansando. Ele é mais jovem. Até quando, meu Deus?

Vim de uma história onde o carinho ficava empoeirado, abatido, talvez, pelo desuso. Meu marido era um homem de rudezas. E eu me acostumei. Fiz, dos dias, obrigação. Fiz, das pausas, quando ele não estava, instantes de paz. Era bronco, também, no sexo. Falava vantagens aos outros. Eu ouvia. Eu sentia nada. Anos sentindo nada. Ficava apenas desejosa de que acabasse rapidamente.

Morreu meu marido. Morte súbita. Nervosismos acumulados antecipam a ida ao cemitério. Chorei sem falsidades. O costume nos faz aceitar o que não é aceitável.

Sou uma mulher de sessenta anos e estou apaixonada por um homem de trinta. É errado? Algumas amigas dizem que sim. Que ele logo dirá despedidas. Que parece meu filho.

Minhas duas filhas aceitam. Uma é mais velha do que ele. Ele é mais pai do que foi o pai. Tão distante do encontrar. Tão desligado do amar.

Ele me diz linda e eu entorpeço. Experimento o prazer quase que diário. Ele toca o meu corpo de mulher como meu marido nunca tocou. E espera para sentirmos juntos o que sentem os que se amam.

Faz quase um ano, e ele sonha com a comemoração da data. Diz sorrisos o tempo todo. Uma amiga fala em interesses. Eu não sou uma mulher de posses. Ele tem tanto quanto eu, ou mais; não pergunto.

Outra fala que ele me vê como substituta de uma mãe ausente. Sabe nada ela de sua mãe. Outra diz que é desconfortante nos ver juntos. Que, certamente, uma hora termina; então, é melhor terminar.

Minha filha desacredita do meu acreditar nas palavras dos outros. Chama de inveja o que minhas amigas chamam preocupação. O corpo dele tem chama, tem as dobras que me dobram em prazer.

É não é só no momento do sexo. É, nos romantismos que acordam com a gente, que ele vai me acordando até o momento de sermos um. Ele gosta de cozinhar para mim. É lindo de ver. Um homem tão homem, tão sensível.

Dia desses, errei. Fiz perguntas desnecessárias, desenvolvi teses provando ser impossível, isso depois de um encontro desencontrado com minhas amigas.

Ele olhou meu medo, demonstrou algum cansaço em novamente ter que explicar amor. Amor não se explica. Olho para alguns homens com mulheres mais jovens. Por que o inverso é desconfortante?

Penso que, quando eu tiver setenta, ele terá quarenta. Ou quando eu tiver oitenta, ele terá cinquenta. E por que pensar no que não é hoje?

Hoje, ele me faz bonita, ele diz de mim o que eu não sabia ou, se soubesse, havia há muito esquecido.

Ele fala do meu corpo com suavidade, do jeito que mexo as mãos, do meu sorriso, de um levantar os dedos para ser incisiva, fala dos meus cabelos molhados, me surpreende quando me enxugo depois do banho. Beija o molhado e o seco em mim. Seus olhos me dizem paixão. Por que não viver o hoje?

Ele quer uma viagem de um ano. Quer que cada ano seja comemorado como uma vida inteira. Quer fazer dormir os medos que me fazem, por vezes, ser insensível e quer acordar um acordo verdadeiro de amor. São suas essas palavras. E eu rio abobada de prazer.

Foi em um rio que nos conhecemos. Ele levava a mãe para um passeio e me viu. Meu chapéu havia caído com o vento. E ele devolveu. Devolveu tanta coisa o homem que adormece beleza e gentileza ao meu lado. Eu passo as mãos com delicadeza e decido desligar as vozes que não me dizem amor.

Com medo ou sem medo, hoje é dia de amar. É o que digo à lua que ainda não se foi, mesmo diante do sol que aquece dentro, que aquece fora.

Na prosa, que é a vida, como é bom um acordar de poesia. Espero não desdizer o que a vida está dizendo para mim.

# 26 O encolhimento da vida

A vida de Ivete encolheu. Sei disso, porque sei sentir.

Era sobre um outro homem que ela dizia, quando eu amaciava as conversas falando ternuras. Não sobre mim. Não sobre nós. Tenho medo de que os sentimentos não sejam os mesmos. Quis tanto que terminassem.

Ivete e Gustavo estavam juntos há alguns anos. Antes dele, foi Humberto. No intervalo, eu quase disse. Eu sempre amei Ivete. Sempre.

Estive com outras mulheres, naturalmente. Gosto do jogo da sedução e das teias que vão se formando em arranjos que estacionam o mundo. Os amantes se despem de outros assuntos e são. Um e o outro.

Nunca fui inteiro com uma mulher, desde que conheci Ivete. Em uma noite, nos beijamos. Faz tanto tempo. E ela emudeceu a história depois de um texto explicando a amizade. Eu senti a quentura dos seus lábios. Eu senti, no meu corpo de homem, o volume dos seus desejos. Um beijo apenas e o gozo do universo inteiro em mim.

Arrumei uma namorada para fazer ciúmes. Sei que não foi certo. Pessoas não são utensílios de depositórios de frustrações. Mas eu tentei. Decidi que a melhor forma de acompanhar, à porta de saída de mim, uma paixão era convidar uma outra para que entrasse. Ivete é mais do que uma paixão. É um amor desenhando futuros em mim. São quase dez anos, desde a primeira vez.

Uma mulher cega estava tentando atravessar a rua. Eu fiz presença para ajudar, se necessário. Ela, também. A mulher aceitou. Os dois caminharam. Do outro lado, conversamos.

É comigo que ela gosta de conversar. E é para mim, hoje, que ela chora por Gustavo. Choro que dói em mim. Dói sua dor. Dói minha dor. Não seria eu o homem a explicar o sentido do amor? Eu que amo há tanto? Não seria eu o descanso para os desencontros? Como dizer? Não. O momento diz que eu aguarde.

Ela encosta em mim o choro, e eu oro para que o relógio do mundo descanse e que descanse ela, em mim, sem pausas. Acaricio os cabelos com respeito. Ajeito algumas palavras para falar que passa. Passam casais de mãos dadas e eu digo que o amor mora mais perto do que se imagina. Ela agradece os meus cuidados. Os nossos lábios se aproximam. Ela beija o meu rosto e volta a encostar em mim seu silêncio.

Às vezes, penso que é teimosia. O querer o que falta. O não agarrar o que se tem. Eu deveria desligar um tempo nossa amizade para fazer com que ela sinta falta. E se não sentir? Se não sentir, eu sentirei com o tempo outros sentimentos. É assim que é.

As flores das alamedas dos meus caminhos não se resumem a uma.

É o que tento poeticamente me dizer. Digo e não ouço. Ouço o encolhimento de Ivete em meus braços grandes de esperança. Ensaio um convite, apenas. Ensaio e desisto. Não é o dia.

Hoje é o dia de luto. É preciso respeitar. ““Chore, Ivete, chore que eu estou aqui, estou aqui para você, foi para isso que eu nasci.” Ela ri. E diz que sou bobo, que vivo dessas brincadeiras. E solta, “Quem dera que alguém me amasse assim.” E eu concluo não concluir nada.

Ainda não consigo dizer.

Ainda não consigo partir.

# Atenção, substantivo feminino 27

Eu havia acordado antes do dia dizer a luz. Estava cansado do dia anterior e do dia anterior ao dia anterior. Ando com esses cansaços acumulados. Ando colecionando decepções com a humanidade.

Sou professor e, então, insisto em desmentir os sentimentos que me fazem sentir tão descrente. Olho para os lados e vejo aridez. Terra seca. Terra impedidora de nascimentos de esperanças.

Uma antiga professora explicava o egoísmo como o mal do mundo. Eu, adolescente, anotava. Eu, adulto, vejo. Ver é um verbo que exige alguma decisão.

Dizia, antes das digressões sobre os cansaços, que havia acordado antes de o dia dizer a luz. Era escuro, quando saí de casa e fui para o aeroporto. Sentei aguardando o voo. Sentei-me ao lado de um funcionário de uma das companhias áreas que, ali, não estava a trabalho.

Uma senhora se aproximou – Vera. Aproximou-se e olhou para o funcionário pedindo a informação sobre o seu voo. Disse a cidade e queria saber o número. Ele disse que bastava que olhasse no bilhete que estava em suas mãos. Ela disse que estava difícil de ver porque o bilhete estava amassado. Eu vi seu constrangimento. E olhei para o bilhete e falei o voo.

Ela prosseguiu querendo saber onde era o portão. O funcionário, educado, explicou que bastava ver no grande painel à frente. Ela disse que enxergava pouco assim de longe. Eu me levantei e falei que, como estava indo ao banheiro, poderia ajudar. Ela agradeceu. Eu vi o portão, indiquei, e ela se foi sorrindo, sem antes dizer que as letras deveriam ser maiores. Eu concordei e até disfarcei alguma dificuldade em ler o painel.

Voltei para o lugar em que estava, e o funcionário gentil brincou dizendo sobre eu não ter ido ao banheiro. Foi quando falei sobre atenção. E sobre o que se esconde nos esconderijos que nos envergonham.

Aquela mulher, Vera, não sabia ler. E não sabia dizer que não sabia. Por vergonha. Preferiu falar do amassado do bilhete, da distância do painel, das confusões de letras tão pequenas a se sentir pequena dizendo: ““Eu não sei ler.”

O funcionário maneou a cabeça, indignado com ele mesmo: “Nossa, é óbvio, como eu não percebi?”

Geralmente, não percebemos a dor que dói no outro. O outro, tão próximo e tão distante. Tão feito de barro como eu e tão de mim diferente.

Falamos das insensibilidades diante das guerras, diante dos milhões de refugiados, diante das fomes, das fomes tantas, diante das injustiças, tão desgraçadoras das felicidades. Falamos, apenas. Palavras que saem sem estarem entranhadas. Dizeres que dizem que sabemos do que dói o mundo. Sabemos nada. Soubéssemos, cuidaríamos, ao menos, dos mundos que se cruzam com os nossos.

A Vera, no dia amanhecendo, no dia dos cansaços, descansou minhas impotências. Ela saiu sorrindo por ter a informação que precisava, e eu fiquei sorrindo por ter conseguido vencer a desatenção e compreendido a importância - para o mundo e para mim - do verbo ver.

O sorriso que ficou foi fazendo filme em mim, esqueci das descrenças e fiquei vasculhando na memória alunos que vi crescerem por poder semear a terra, por poder abrir espaços para florescimentos.

Decidi, ao menos naquele dia, não reclamar. Não tenho o poder de cessar os egoísmos que geram os males, mas tenho o poder de sublinhar um substantivo feminino tão essencial para os dias dizerem luz, "atenção".

Enquanto entrava no avião, cantarolava uma música do Chico que meu pai tocava em seu violão, ""E qualquer desatenção, faça não, pode ser a gota d'água." A canção fala do amor romântico. O amor é um e é muitos. Mesmo os fugidios, mesmo os que chegam e se despedem em alguns instantes de cuidado com o outro.

Espero que Vera chegue bem ao seu destino. Quando sentei no meu lugar, olhei para o sol dizendo o calor. Um dia lindo de verão estava nascendo.

## O tempo do Natal

28

Hoje, amanheceu domingo. Os dias da semana foram inventados pelo ser humano. Dizem que os babilônios resolveram homenagear os sete componentes do Sistema Solar conhecidos à época. Dizem outros que a invenção veio da observação das alternâncias entre as fases da lua. E na Bíblia diz que o Senhor descansou no sétimo dia.

O domingo que hoje amanheceu é um domingo do dia da véspera do Natal. Os dias antecedem os dias. É sempre véspera. Um tempo é sempre um tempo que antecede um outro tempo. Enquanto os olhos percorrem essas linhas, o tempo da linha anterior já se foi. E o da linha que ainda não disse as palavras chegará.

O Natal está prestes a acontecer.

Acontecimentos como o Natal marcam a história da humanidade. E por quê? Porque o Natal é a festa da humanidade! O Natal é a manjedoura que significa simplicidade. É Maria e José que caminham o tempo certo para fazer o amor nascer. O Natal é a estrela que simboliza um tempo para iluminar.

As alternâncias das fases da lua nos ensinam as mudanças. O vir a ser do dia e da noite nos escreve que nada permanece. E por que, então, depois de mais de dois mil anos, o Natal permanece?

O humano é mudança e é permanência. Mudamos as idades, os jeitos, os olhares, os toques, os gostos, os enfeites. Os enfeites que enfeitam o Natal de hoje não são os mesmos dos enfeites das nossas infâncias. As roupas também mudaram e até o jeito de fazer os alimentos. Os álbuns de fotografias têm outras imagens. Alguns se foram em noites tristes. Alguns chegaram em festivos amanheceres.

Então, o que é a festa da humanidade? É a festa de nos ressignificarmos humanos.

Humanos são feitos de braços que se abraçam, de mãos que se estendem, de lágrimas que se comovem, de pés que caminham juntos. Humanos são feitos de pensamentos e de sentimentos. Quando nos esquecemos de pensar ou de sentir, a guerra, a desunião, o caos, a insensibilidade.

O Natal é o Amor feito menino para ser ponte entre nós e nós mesmos, entre nós e os nossos irmãos. Pontes ligam. Pontes poetizam travessias. Pontes contemplam rios que banham as terras com palavras de esperança.

Hoje, é véspera de Natal. Ainda dá tempo de pensar e de sentir. Ainda dá tempo de ser manjedoura para o menino nascer. De limpar as inumanidades. De perfumar de bondade. De sorrir para agradecer. Belém é todo lugar. E o melhor presente é compreender.

Um sorriso, uma pausa, uma ação. E a experimentação de que o Natal é celebração da vida pura, sem os adereços que nos disfarçam a nossa essência. Por isso, crianças, jardins, fontes de água limpa e pássaros cantadores prosseguem nascendo.

Hoje, amanheceu domingo. Uma utopia?

Que ninguém deixe de amanhecer para viver o Natal. Que em qualquer fase da lua, que em qualquer dia da semana, que em qualquer tempo, seja tempo de humanizar a humanidade.

Feliz Natal!

# 29 Um novo ano novo

Somos feitos de corpo e alma. Somos feitos de conhecimentos e de mistérios. Somos feitos de passados e de esperanças.

Um novo ano novo é esperança. Os simbolismos que marcam as despedidas e as chegadas nos emprestam pausas para pensar e para prosseguir. Os nossos ontens nos trouxeram até aqui. Como os calçados que nos calçaram antes de crescermos. Hoje, já não nos servem mais. Servem como memória. Os nossos pés já andam outros tamanhos. Os nossos olhos, acostumados a paisagens antigas, precisam de pausas para ver o dia novo amanhecendo.

Há costumes que nos comunicam o fim de um ciclo e o início de um outro. Há os que escrevem promessas de vida nova. Há os que pulam as ondas do mar. Há os que brindam os amigos que amam para prosseguir amando. Há os que juram nunca mais jurar errado.

O melhor juramento para o novo ano é viver. Viver é verbo. É ação que movimenta os movimentos de todos os ontens. Somos feitos de peles que envelhecem, de feridas que cicatrizam, de sabedorias que nos ensinam escolhas. Um novo ano novo é mais uma página a ser escrita com as palavras que escolhermos. Os que escolhem os ódios, as vinganças, as lamúrias, deixam de escolher. Um pássaro que escolhe não mais voar deixa de ser pássaro.

A escrita do novo ano novo é a escrita da liberdade. Somos livres quando escrevemos brinquedos e trabalhos. Quando beijamos bocas que amamos e quando plantamos plantas que alimentam. Somos livres quando limpamos as sujeiras que produzimos, inclusive aquelas que sujam de dor irmãos nossos, e somos livres quando ouvimos uma canção despretensiosa. Somos artífices de andaimes de construções de futuros e somos artistas de elevação dos sentimentos mais lindos – os que nos unem.

É quase ano novo. Há tanto quase que morre quase. Há tanta gravidez de futuro que não gera vida. Há tantas intenções que se perdem na surdez de consciência, na ausência do sentimento que faz novo todos os anos, todos os dias, todos os instantes, o amor.

Que o novo ano novo seja o ano do amor, seja o ano do amar. Amar é verbo, também. Que seja ano de um amor romântico ou de um amor amigo ou de um amor pela humanidade inteira. Quem ama se despe dos egoísmos e compreende que a liberdade está, muitas vezes, em não estar. É um abrindo espaços para o outro e sorrindo com o outro os seus espaços conquistados.

Lembro-me do sorriso de minha mãe e do meu pai quando, menino, cantei pela primeira vez na festa de fim de ano na antiga escola de crianças. Os olhares dos dois me fizeram entender que o amor está além do afinar e do desafinar das nossas vozes, das nossas vidas. A minha voz hoje e o meu texto são muito do terreno que eles prepararam para eu poder florescer.

Na minha oração de ano novo é o que eu peço a Deus, que eu seja um lavrador de terras férteis. Há muita história pedindo para nascer. Há muitos irmãos meus sonhando com uma oportunidade de quem os veja, de quem os encaminhe para caminhar.

Feliz ano novo!

# Os guardados da minha irmã

# 30

É ainda tempo de dizer o ano novo. E de viver o ano novo.

Acordei disposta a reorganizar alguns cômodos que poderiam causar incômodo por guardarem o que não deveria ser guardado. Em mim e nas prateleiras que ocupam espaço no espaço em que vivo. As fotografias de dentro e de fora. As caixas de filmes de dentro e de fora. O inutilizado de dentro e de fora.

Dentro, resolvo aspergir com esperança. Deixar as lamúrias partirem. Despedir os reclamos, os tentados que não deram certo. Se não deram, não deram. É hora de outras tentativas. De outra roupagem.

Não sou mulher que acumulou muitos recursos financeiros. Tenho o necessário, inclusive para algumas compras de novidades. Gosto de comprar pouco e prestar atenção ao que compro. E usar. E me sentir vestida com a roupagem do tempo certo. Separei roupas não usadas, há algum tempo, e decidi por agasalhar irmãos meus que não têm o que tenho.

Tenho uma única irmã, Genoveva. Nome grande. Grandes guardados. Somos tão parecidas, somos nada parecidas. Genoveva tem muito mais do que eu. Enviuvou de um marido rico. Herdou parte considerável dos nossos pais. Genoveva nada gasta. E nada desacumula.

Decidi intervir. O ano novo traz novas disposições. Há tempos, ela se fecha no fechado dos seus cômodos. Fui ter com ela. Fui comunicando meus feitos do dia. As limpezas. Os separados. O destino, um asilo próximo de onde vivemos. Começo argumentando. Ela se põe dispersa. Abro as janelas. E ela reclama. Aviso que um ano novo nasceu há pouco. Ela dá de ombros. Argumenta que são invenções do comércio. Eu cantarolo uma música. Ela ri das minhas esquisitices. Esquisito é não cantarolar, é não amanhecer com o amanhecer dos dias.

Coloco os olhos nas prateleiras repletas de desnecessidades. Sugiro uma limpeza e uma reorganização. Ela diz "não". Insisto. Ela prossegue no intento de não mudar nada. Eu, persistente que sou, explico o tempo, o pouco tempo que nos resta. E falo do asilo que nossa mãe ajudava. Ela se dá por vencida, talvez julgando que iria embora com poucas peças de desuso.

Comecei com ela o que fiz comigo. Caixas de roupas que não eram usadas há décadas. Ela, no início, ficou de costas. Depois, resolveu entender. Entendemos de doar. De doar o que nos outros teria melhor uso. Conversamos sobre os significados. Algum vestido ela dizia se lembrar de algum instante. Eu explicava que os instantes estavam dentro dela e não no vestido nem no sapato nem na bolsa nem nos guardados empoeirados pela inutilidade.

Aprendi que os acumuladores de coisas são assim com os sentimentos. Fechados para espaços novos, para experiências novas. Já errei deixando partir amores por ausência de coragem, por teimosia de nada mudar em mim. Os guardados de outras histórias viciaram o meu agir. E fui orgulhosa para dizer o erro e para pedir perdão. Hoje, tenho um homem bom que divide comigo momentos gostosos de um amor maduro. É bom pensar que ele pensa em mim. É bom deixar alguns gostos por gostar dele. É bom me preparar para o prazer.

Genoveva julga que o tempo de amar já passou. Ainda vou conseguir dissuadir suas teimosias. O tempo de amar nunca passa. Não fomos feitos para o abraço ausente, para o beijo sem ninguém, para o sonho solitário do que se guarda para si mesmo.

Depois de gastarmos parte do dia abrindo espaços para outros ocupar, insisto que jantemos juntas. Angelo, meu namorado, tem um amigo que, há não muito, enviuvou. Minha irmã diz que enlouqueci, mas aceita o convite. Sugiro irmos ao salão, nos arrumarmos e, sem muita pretensão, comprarmos alguma vestimenta nova. Agora, há espaço no guarda-roupas, antes tão abarrotado. Ela discorda com a cabeça, mas sinto que o sol que empurra as frestas da cortina se faz de cúmplice.

Ela diz que não tem nenhuma expectativa e eu concordo, melhor assim. Melhor é ir caminhando sem as pressas dos que imaginam antecipar amanhãs. É de hoje que nos devemos vestir nesse início de mais um ano. Os guardados da minha irmã se vão ainda hoje, quem sabe assim encontremos os perdidos. Em algum tempo, ela perdeu a alegria, eu sei disso. E, talvez, tenha padecido eu de impaciência e desatenção.

É ano novo. É tempo de compreender, também, que o amor a quem está mais próximo é o amor mais ensinador do que precisamos fazer para viver bem.

Bem, preciso deixar os escritos agora para começar a escrever de novo o novo ano que está nascendo em nós.

# 31

# O olhar do meu marido

Meu marido estava na poltrona que dá para a porta da entrada da nossa casa. Eu estava sentada perto – em um sofá comprado há muito. Nunca mudamos os móveis nos quase vinte anos de casados.

O olhar do meu marido era vago. Como se não estivesse naquela sala, naquela casa, naquela vida. No nosso silêncio, ouvíamos Maria Callas cantando *La Mamma Morta*. Não sei a tradução da música inteira. Sei que Callas cantava todas as dores do mundo. As das tragédias das óperas que interpretava e das suas próprias.

Meu marido é de pouca fala e tem falado menos depois que a prima se foi. A prima que não é prima. Prima fosse, seria filha de uma das tias, irmãs do pai. A mãe era filha única. Conheço as tias, as filhas e os filhos das tias. Disse ele que a prima que nos visitou era uma prima longe.

Longe é ele de mim, mesmo morando juntos, mesmo dormindo juntos, mesmo fazendo o que fazem os casais. A frequência é ele quem diz. O quando e o como não cabem a mim. Se tenho vontade, aguardo. Se não tenho vontade, cedo.

A prima que não é prima enviuvou. E veio nos visitar. Eu nunca soube dela. Ficou um final de semana apenas, hospedada no quarto de hóspedes. As crianças não estavam em casa. As crianças que não são mais crianças estavam em viagem.

Meu marido parece sentir a música. Tenho vontade de puxar conversa, mas silencio. Fala, dentro de mim, o olhar do meu marido para a prima que não é prima. Nos vinte anos de casados, eu nunca me senti olhada daquela maneira. Nunca.

A prima falava, enquanto eu arrumava a mesa e colocava o que haveríamos de comer. A prima falava, enquanto comíamos. E falava, enquanto eu despedia as sobras e ajeitava as louças e os talheres que foram usados. Era sorriso demais para quem enviuvou há pouco. Meu marido era mais silêncio. Nada disse que dissesse alguma história que aconteceu ou que ficou por acontecer. Nem ela disse nada que dissesse algum passado ou algum futuro prometido em algum passado. Eram apenas palavras. Palavras nunca são apenas. Mas eram.

Ela ia emendando histórias de pessoas que eram desconhecidas, como se costurasse um agasalho de tempos em que eu não vivia na vida de meu marido. Não, o que me incomodava não eram as palavras ou as histórias ou o agasalho que imaginava, o que me incomodava era o olhar direto, sem o vagar costumeiro. O olhar do meu marido sorria para a prima que não era prima.

E, agora, enquanto Callas canta uma mãe que foi morta, o olhar do meu marido não tem sorriso algum. Quando foi que matamos os dizeres de amor? Quando foi que matamos os sentimentos que nos permitem sentir o que sente um, o que sente o outro?

Penso na posição da poltrona em que ele está sentado, tão perto da porta, tão perto do sair da casa. Penso que ele pode ir. Que ele deve ir. Ela enviuvou.

Converso comigo mesma dizendo o que devo dizer a ele e imaginando o que ele dirá a mim e as respostas que direi. E nada digo. Nenhuma palavra. Só a dúvida que descostura um agasalho que não agasalha. Até prefiro que ele vá. Tenho tempo ainda de conhecer alguém que me olhe como ele olhou para a prima que não é prima.

Mexo com as minhas mãos para disfarçar os meus pensamentos. Não que ele esteja me olhando. Ele pouco me olha e o que diz são os ditos dos cotidianos de quem vive junto.

Levanto para ajeitar a hora de dormir. É noite. Ele, então, se manifesta. Levanta, também. Desliga o som. Callas silencia aquela dor. Eu, não. Enquanto caminhamos para o quarto, ele me encosta do jeito que encosta quando quer aliviar os seus desejos.

Eu entro no banho e, enquanto a água cai sobre mim, penso no que ele haverá de pensar quando estiver em mim. Ele nunca me olhou como olhou para prima que não é prima, é essa a canção dura que se repete nas lembranças que não foram embora, quando a prima que não é prima se foi.

Coragem nenhuma tenho de dizer a ele o que digo a mim mesma. Se ele quiser ir, que vá. Se não quiser, que fique. Quando penso isso, penso a tristeza de ter me feito aceitando não decidir. Fecho a torneira do chuveiro e pego a toalha. E, depois, algum perfume. E, depois, ele. Foi assim que fui me acostumando.

# O Porto seguro de Manuel

## 32

O dia queimava um calor inclemente na Bahia de Todos os Santos. Eu precisava de uma balsa para atravessar de Cabrália para Santo André, um lugar paradisíaco de mar e de gente que vive do mar.

Subimos na balsa. Thiago era quem conduzia. Enquanto entrávamos, um homem de pouco mais de sessenta anos, com um chapéu e um pano que o protegia do sol, orientava o estacionar dos carros na balsa para que coubessem outros.

Descemos do carro. A paisagem foi quem convidou. E foi, então, que ele se aproximou. Sem cerimônias ou apresentações, afirmou: "Uma coisa é estudo, outra coisa é educação."

Eu ouvi atento. "Não concorda?", respondi que sim, mas que queria ouvir mais. Ele prosseguiu: "Tem gente que se forma e não tem educação."

Perguntei o seu nome e disse o meu. Ele começou a dizer sobre o seu trabalho na balsa. "Trabalho bom demais, ganho muito." E riu de si mesmo. E disse:

"Ganho pouco, mas não tem atraso." E se deu por satisfeito.

Perguntou de onde eu era. Eu disse. Disse ele do quanto Porto Seguro é conhecido. "Quem vem para cá, nem dorme na véspera, pensando na viagem." Eu acenei com a cabeça concordando. "E eu moro aqui, disse com satisfação.

Falou ele de vários nomes de várias cidades da Bahia. E, dentre elas, falou de Caetité. Eu, então, lembrei que Caetité é a terra onde nasceu um dos nossos maiores educadores, Anísio Teixeira. Ele ouviu atento e pediu que eu dissesse mais sobre ele. Eu disse. Ele sorriu elogios: "Desse saber eu queria, saber essas coisas boas que melhoram a gente."

O tempo da travessia é de poucos minutos. Nos despedimos, quando entrei no carro e ouvi de Thiago a preocupação se Manuel havia causado algum desconforto. Sou dos que se confortam com a prosa, com o olhar do outro, com as verdades que a vida do outro vai ao outro ensinando. Sou dos que gostam dos encontros, mesmo dos fortuitos, dos efêmeros. Mesmo esses permanecem em ensinamentos.

Thiago, então, disse de um outro conduzido por ele que tratou mal o Manuel. Que ele explicou que o Manuel trabalhava há trinta anos na balsa. O conduzido, um homem formado, não quis saber de conversa.

Gostei de Manuel e de suas falas sinceras. E de sua alegria. Falou ser pai de dois filhos. Falou não ter tido estudo, apenas conseguia assinar o nome. Eu sugeri que aprendesse. Que ele iria gostar de conhecer o mundo das palavras. Ele acenou com a cabeça.

Os mundos existem para serem desbravados. Dos mares aos significados dos textos. Dos silêncios aos encontros nascidos nas travessias. Amo o nordeste brasileiro. Conheço cada estado e o estado de alegria que vive em uma gente forte. No nordeste, digo palavras em palestras, escrevo livros, crio personagens, autorizo encontros, experimento o amar.

O dia queimava um calor clemente de alívios. Uma brisa boa soprava naquela balsa, naquela conversa. Os dias que se seguiram ao dia em que encontrei Manuel foram dias bons. Encontrei uma fazedora de tapioca que outro dia conto a sua destreza em expulsar infelicidades.

Sou grato a Deus por ser peregrino de terras tantas, por ser um servidor da palavra, escrita ou pronunciada, por ser um professador da crença de que é nos encontros que nos encontramos.

O Porto Seguro de Manuel não era a cidade apenas, era o aprendizado de que ser educado é muito mais significativo do que ser formado. Um dia compreenderemos isso e ensinaremos o que deve ser ensinado, o dever de iniciar as aprendizagens aprendendo o saber e o prazer das convivências. Obrigado, Manuel.

# 33 Um pensamento preguiçoso

Ele disse que não vai dizer. Se tivesse dito, economizaria nossos tempos. Disse nada.

Meu filho é silêncio quando o assunto vasculha seus descuidos com a vida. Sou um pai querendo fazer as pazes com o acerto. Fiz de tudo para dar tudo ao Leo e ao Mateus.

O Mateus parece ter encontrado sentido. É mais novo e, ao contrário do irmão, já está encerrando a faculdade. Leo vai mudando de curso. Nada o preenche. Errei muito ao comparar os irmãos. Filhos são pedaços nossos que se fazem inteiros nos diferentes passos que vão dando na vida. Demorei a entender. Queria calçar em um o calçado do outro. Não cabe.

Leo tem inveja do irmão. E, talvez, seja eu o responsável. Minhas falas eram de elogio a um e de cansaço ao outro. Por que tão diferentes? Mateus abraça os esportes, a música, a leitura, os estudos. Leo, as drogas e a ausência de palavras.

Leo tem um pensamento preguiçoso. Só quem tem um pensamento preguiçoso não pensa no que deixa quando desiste. Ele não me enfrenta. Disse que queria ser arquiteto como eu. Depois, mudou. Depois, voltou. Minha mulher disse que ele me admira tanto e que, por dentro, ele vai se derretendo por causar decepções. E causa.

Lembro a primeira vez que ele veio com um piercing no nariz. O cabelo sem cuidado. Uma tatuagem exagerada. Eu olhei, não gostei, não disse. Depois entendi que ele queria que eu dissesse, mesmo que para desdizer. Talvez tenha errado em ser tão preocupado com o conforto material deles, enquanto era displicente nos assuntos do amor.

Eu já o internei para tratar dos vícios. Ele aceitou. Saiu sem luz. Parecia um desconhecido quando o irmão contava os sucessos. Eles se dão bem, mas vejo que a luz de um faz sombra no outro. Parei de comparar. Parei de aplaudir. Mateus precisa menos de mim, já é pássaro que voa. Leo é instrumento a ser afinado ou instrumento que emudeceu diante de outros sons.

Adolescente ainda, brigava com o corpo. Fazia regimes exagerados. Errados, dizia eu. Já culpei minha mulher por excesso de proteção, por desculpar sempre, por construir um texto de que ele é mais frágil que o irmão. Os avós também emprestaram seus mimos. Primeiro neto dos dois lados. Filho não vem com explicações de como criar. O tempo vai nos ensinando os nãos necessários. E as pontes que ligam eles a eles mesmos.

Mateus reclamou, algumas vezes, de ter que ser o responsável por um irmão que fazia tudo em excessos – a comida, a bebida, as brigas. Comigo, ele silencia; com os outros, ele enfrenta errado. Onde foi que ele aprendeu a gritar, a ameaçar, a espancar? Sou de trabalho e da paz. Encerro atitudes para não magoar o outro. A mãe é, também, calma, educada. A quem ele puxou?

Sei que minhas perguntas estão erradas. É apenas um desabafo. É um olhar para trás para entender o que fazer. É fazer acreditando que o amanhã existe. A paternidade é de uma responsabilidade que, talvez, me tenha faltado nos inícios. Nos inícios, onde tudo é mais importante.

Um filho tem, primeiro, os pais como janela para ver o mundo. Janela que vira espelho. Um filho se olha e precisa ver. Ver é, também, lembrar. As primeiras memórias constroem alicerces para as outras. Meu pai foi, comigo, um pai tão melhor do que eu fui para os meus filhos. Hoje, tenho essa memória e tento arrumar as bagunças. Tenho medo de o tempo do desperdício impedir o tempo que ainda resta.

Depois de tantas terapias do meu filho, resolvi eu me encontrar. A terapia trouxe algumas pistas de que eu também tenho um pensamento preguiçoso. Minhas crenças falaram mais alto em mim do que a verdade. Assustei com o pensamento doído de que preferia ter tido só o Mateus. Pensei e dispensei o pensamento. O fácil não é mais digno de amor do que o trabalhoso. Sou arquiteto e preciso compreender que da intenção vem o projeto, que do projeto vêm as construções, que as construções precisam abraçar as pessoas que vão viver nelas.

Hoje, abraço mais meu filho. Ontem ainda, ele se deitou no meu colo. Eu estava cheio de trabalho, cheio de repostas a serem dadas no celular. Deixei de lado. Compreendi, pelo menos naquele instante, que a resposta mais fundamental que eu tinha que dar à minha e às nossas vidas estava deitada no meu colo dizendo: "Pai, eu existo."

Chorei acariciando seus cabelos e dizendo amor nos nossos silêncios.

# 34 Uma saudade carnaval

Passeava pelas alamedas do passado, enquanto reconstruía alguns casarios há tempos desabitados. O tempo é desabitador de espaços. Mas há a memória que explica ao tempo o que quer eternizar.

Reconstruí um primeiro amor de carnaval. O tempo era o da inocência. As músicas diziam simplicidades, contavam histórias. Eu era ansioso com o aguardar da chegada dos dias da alegria. Era Angélica a menina que eu via. Menino era, também, eu.

Havia um bloco chamado "Bloco da raia", não sei a razão do nome, sei até cantarolar a canção que repetíamos, adentrando as ruas da pequena cidade. Eu era medo e vontade. No bloco, nos olhamos apenas. Angélica era mais abridora de espaços do que eu. Ela tocou no meu rosto, já no fim daquela folia da tarde, e eu corei. E eu senti o que sentem os que desejam. E eu saí sem avisos com medo que ela percebesse. Meu Deus, como eu sabia nada!

À noite, nos vimos novamente. Eu havia experimentado todas as roupas possíveis, imaginando o que a haveria de agradar. O cabelo mudou de penteado tantas vezes que minha mãe desentendia tamanha movimentação.

À noite, era no clube. No único clube da cidade. Era o primeiro ano que eu poderia entrar, já tinha idade. E foi ela quem aliviou as minhas inventadas rejeições e me deu o primeiro beijo. O beijo que me encorajou a dançar e a ir de um lado a outro de mãos dadas. O beijo que trocou o sono pelo sorriso. O beijo explicador da necessidade humana do sentir-se amado.

Angélica ficou em mim por um tempo, depois o tempo me levou a outra cidade, depois o tempo apresentou outros beijos, outros desejos, outras despedidas.

Houve um outro carnaval, quando conheci as escolas de samba. Tão diferentes do "Bloco da raia". Raiou em mim um outro tempo. Meus olhos desacreditavam do espetáculo das escolas contando histórias na avenida. Do som das baterias. Da voz dos puxadores. Do dizer dos corpos dos sambistas. Foi um carnaval do encantamento. Era como um sair da caverna pela primeira vez. E, pela primeira vez, ver que o mundo era maior do que a minha cidade. Foi um carnaval em que, também, experimentei o beijo, o desejo, o encontro. Fiquei dias dizendo aos meus amigos da pequena cidade o que era a avenida do samba. Minha mãe sorria das minhas alegrias. E dizia quase que como em uma oração: "Graças a Deus esse menino nasceu para ser feliz."

Em um outro carnaval, já morando na grande cidade, levei minha mãe para ver os desfiles. Os meus olhos olhavam os seus olhos. Meu pai havia falecido, há não muito, e eu queria demitir a tristeza que vivia em minha mãe, já que, naquele ano, seu aniversário também caía no carnaval. Ela demorou a aceitar o convite, justificou que dormia cedo, que não sabia dançar, que estava velha. Eu sorri dos seus argumentos e decidi no amor: "Nós vamos, mãe, o seu menino que nasceu para ser feliz quer te dar essa felicidade".

Nas alamedas do passado de tantos carnavais, é este o que mais faz saudade em mim. Foi um carnaval em que o único desejo era o de ver minha mãe sorrindo. Consegui o melhor lugar possível. No início, fui explicando o que sabia das escolas. Fomos aprendendo as músicas. Ela dançava timidamente e eu a via como a melhor bailarina do mundo. Minha mãe gostava das palavras. E as arrumava como em um desfile usando cada uma delas para dizer uma história. Nos meses que se passaram depois daquele carnaval, ela ainda contava às suas conhecidas todas cada detalhe daqueles dias.

O carnaval prossegue e minha mãe prossegue apenas em mim. Na terça de carnaval – daqui a alguns dias – será seu aniversário. Decidi, este ano, descansar de tantos cansaços e ficar em casa, escrevendo esperanças.

Em mim, ainda mora o menino que nasceu para ser feliz. A felicidade não depende do carnaval ou dos beijos que nos beijam ou dos "sins" que recebemos e que aliviam nossas carências. A felicidade não depende nem dos "nãos", nem quando são injustos. A felicidade depende, apenas, da memória, da memória que guarda e que limpa, da memória que contrata e que demite, da memória que reacende o que alguns tentam apagar, mas não conseguem – a memória de quem somos.

Quando lembro daquele carnaval com minha mãe, lembro de um amor que amor nenhum foi capaz de suplantar. Perdoem-me os amores tantos que poetizaram os meus dias, mas os dias mais felizes de minha vida foram os dias em que eu tinha o direito de descansar as dores ou as alegrias no seu colo, no colo de minha mãe.

Quando escrevo sobre ela, meus olhos aceitam as lágrimas – presentes da alma para alguns alívios. Mas não pensem que estou triste, sua oração ainda faz verdade em mim: "Graças a Deus esse menino nasceu para ser feliz."

# 35 O desabar das certezas

Eu era menina ainda, quando aconteceu. Filha única. Filha única de uma mulher linda. Os dois não se davam muito bem, eu sentia.

Minha mãe tinha sons de liberdade. Sorria sozinha, quando ficava sem ele. Ela se arrumava e me arrumava. Éramos nós duas e um mundo inteiro a ser experimentado.

Com meu pai, os dizeres eram curtos. Ele cobrava um amor que ela não conseguia entregar. Ele a desejava com tanta força que esmagava os seus sentidos e, então, ela desabava.

Lembro-me de algumas noites em que ele implorava amor. Ela dava de ombros. E ficava lavando as louças mais do que o necessário como se quisesse lavar tudo o que sujava a sua vida. Ele trazia presentes e ela os desembrulhava sem emoção. Minha avó, que protegia o filho mais do que tudo, dizia impropérios sobre a nora. Acusava minha mãe de uma beleza desprovida de sentimentos que trazia dor ao meu pai.

Um dia, depois da conversa em que só minha avó falou, ela arrumou algumas peças e partiu. Eu estava na escola. Não entendi o ocorrido. Ouvi pedaços, de que pouco me lembro, do que meu pai disse à minha avó.

Aquele foi o dia do desabar das certezas. Perdi o amor de mãe e a felicidade de pai. Ouvi de minha avó que eu lembrava a minha mãe e, por isso, ela gostava pouco de me ver. Odiei minha avó com todas as minhas forças. Depois, perdoei. Os velhos também dizem desnecessidades.

Eu tinha nove anos. O tempo foi escrevendo histórias em uma história rasurada já nos inícios. Vi a tristeza de meu pai o consumindo. Ele a procurou por um tempo e depois descansou a dor e se alimentou de prazeres, nunca de amor. Tenho por mim que o medo de amar o manteve insensível e, por vezes, indelicado com as mulheres.

Poderia contar detalhes dos dias em que vivi aguardando a porta se abrir e minha mãe voltar. Poderia contar os outros dias que se sucederam, quando desacostumei da espera. Mas quero dizer do tempo de hoje.

Estou grávida. Grávida da minha primeira filha. E foi uma foto com a barriga à mostra que fez com que eu recebesse a mensagem: "Filha, você sou eu, tão igual, quero muito te ver, agora posso te ver."

Li várias vezes na página em que todo mundo pode ver. O que significava o final da mensagem "agora posso te ver"? Por que não pôde antes? O que a impedia? Eu não sabia se minha mãe estava viva. Entrei no perfil da mulher que escreveu a mensagem. Era ela. Minha mãe. Linda como eu me lembrava. Linda como as fotografias que ficavam ao lado da minha cama e que eu, menina, conversava com ela.

Comecei a tentar separar os sorrisos que sentia de prazer dos sorrisos que sentia de tristeza. Preferi as fotos de sorrisos que eu julgava tristes. Eram um consolo. Era como se ela negasse a felicidade longe da única filha. Tive dúvidas se ela nunca me procurou ou se fez algum acordo com minha avó que proibiu o seu nome em casa.

Ouvi trechos de uma fala de minha avó que dizia que ela nunca mais causaria dor. Eu chorei imaginando sua morte. Perguntei ao meu pai, que disse nada – que explicou que as pessoas são responsáveis por suas escolhas.

Morreu minha avó, há algum tempo. Morreu meu pai o ano passado, logo depois do meu casamento. Morreu jovem. Eu culpei e desculpei, muitas vezes, minha mãe. É difícil saber a verdade. É difícil julgar quando se sabe uma parte e quando a parte que se sabe nem se sabe.

Ela quer me ver. Será que ela agora pode me ver porque soube da morte de meu pai? Será que foi a minha gravidez que fez nascer nela a memória de que um dia também esteve grávida e que, da gravidez, nasceu a filha que ela abandonou?

Não sei se pergunto ao meu marido, não sei se pergunto a algumas amigas que me sabem as ausências e a vida boa que vivo agora. Sei que agora choro como há muito não chorava. Acalento a criança que nasce dentro de mim para que ela não sinta a tristeza que eu sinto ou a alegria, talvez.

Eu vou dormir sem decidir. Ainda não respondi a mensagem. Vou deixar o sono ou os sonhos escreverem a resposta. Não.

Eu sei a resposta. É claro que quero ver minha mãe. Meu Deus. Eu quero vê-la. De repente, tudo volta em mim. Os dias em que nos arrumávamos e brincávamos sozinhas de felicidade. Quando éramos nós, éramos o mundo inteiro. Eu vou deixar ela dizer. Certeza tenho nenhuma. Já amor... o amor nunca foi embora.

# 36 A machucadura dos meus pés

Sou caminhante e caminhante que sou sei dos riscos que corro nos caminhos que caminho.

Machuquei os meus pés. Os meus pés que me conduzem caminho a caminho. Machuquei os meus pés em alguma distração. Ou não.

Os meus olhos tão sedentos de infinito, por vezes, esquecem que os meus pés estão no chão. No chão onde a vida se passa. No chão onde os sonhos se deixam de sonhar. No chão onde as dores avisam a machucadura.

Vez ou outra, é preciso parar. Parar e autorizar o choro. Parar e chorar a vida doída que faz noite no céu. Noite sem luar. Noite sem estrelas. Noite sem serenatas. Noite sem poesia. Noite, apenas.

A machucadura dos meus pés dói tempos incontáveis. Não sou contador de tempos, sou contador de histórias que, nos tempos, explicam a mim mesmo que sou frágil. Frágil, suscetível a machucaduras.

Olho para os meus pés todos os dias e fico querendo saber o tempo que ainda resta para a cicatrização.

Um dia cicatriza. Qual dia? Não sei. Já disse, não sou contador de tempos.

Aprendi, inclusive, com as machucaduras, que é o tempo que me conta. Na conta do tempo, sou um caminhante – que hora tem olhos de ver o céu em dias de poesia e outras tem de olhar os pés e deles cuidar.

As machucaduras dos meus pés escrevem histórias e inscrevem ensinamentos. Ensinamentos que os mesmos olhos que veem o céu, em dias de poesia, são capazes de ler quando as machucaduras morrem para nascerem cicatrizes.

No tempo das machucaduras, é difícil de ler. Tudo diz e não diz. Há confusões sobre medicamentos e sobre silêncios. O silêncio medica a alma. A alma medicada aguarda o tempo da compreensão.

As machucaduras dos meus pés não nasceram com eles. Meus pés nasceram caminhantes. E, caminhantes, caminharam despreocupados até que tombaram em outros pés não tão delicados, não tão cuidadosos, não tão respeitosos.

Caminhante que sou, não posso deixar de caminhar. Deixar de caminhar é deixar de ser. Sou machucadura e sou cicatriz. Sou noite e sou amanhecer. Sou o que se despede, mesmo com dor. E sou o que, mesmo com dor, se despe para novamente caminhar. Despido, sou mais humano.

Um dia, os meus pés chegarão ao solo sagrado. E, então, não haverá mais caminhos nem machucaduras.

Nem mesmo cicatrizes. Meus pés serão lembrança e serão luz. Enquanto esse dia não chegar, prosseguirei caminhante.

Caminhante, valente na dor e na espera de outros caminhos e, talvez, de outros pés mais delicados para fazerem par aos meus, na fascinante ventura de caminhar.

# 37 A viagem das rosas

Fui de trem. Não sabia ao certo a duração da viagem. Ninguém sabe.

Fui porque tinha de ir.

Entrei na estação despretensioso, estava só. Só, com um arranjo de rosas. Arranjei minha vida na sensibilidade de que bagagens pesam as viagens. Poucas coisas são necessárias, o resto é supérfluo, é um entortar de colunas, é um desviar das vértebras do existir. Então, fui só. Eu e as rosas.

Sentei onde podia ver as paisagens. Gosto das paisagens. Mesmo das que se parecem. Parecem comigo algumas imagens que vejo, principalmente quando vejo. Outras imagens, o que eu gostaria de ser. As águas que correm. Os pássaros que voam. Um irmão meu, do mesmo barro de que sou feito, que descansa. O descansar é tão belo quanto o caminhar.

O tempo do trem é decisão do maquinista. Não vejo o maquinista, mas sei que ele está lá. E só de saber, descanso. As rosas olham para mim. Parecem querer dizer. Dizem, talvez. Tão lindas. Viajantes como eu. Filhas da terra, também. Enfeitadoras de vidas.

Decidi trazer rosas para surpreender um amor que me aguarda na estação. Sou devoto da delicadeza. Um gesto, uma preparação, um perfume. As imagens vão sucedendo imagens, e eu vou aprendendo. Aprender é deixar reter uma parte das imagens que vão. É criar aconchego nos compartimentos da alma para as imagens que devem permanecer.

Aos poucos, esqueço de pensar no tempo do trem. Deixo essa decisão ao maquinista – ao maquinista que é senhor da arte das engrenagens da vida. As imagens mudam como mudam as estações.

Há o frio e há o calor. Há, também, a estação das mudanças e a estação dos florescimentos.

As rosas que viajam comigo já eram cultivadas antes de mim. Meu pai era um operário incansável da jardinagem da vida. E, também, minha mãe. E, também, pessoas que abriram espaços para a minha compreensão da viagem, das estações e do tempo dos percursos.

O trem segue. Durmo e acordo. Sonho e esqueço. Penso e sinto. Há momentos em que penso mais do que sinto e outros em que é o sentimento que determina o pensamento.

Olho para as rosas e me encanto com o seu descanso ininterrupto. Nada de preocupações. Nada de ansiedades. Nada de medo do fim. O fim está nelas. Embelezar. Perfumar. Alimentar de presença a vida.

Não se deve se aproximar de um amor, em nenhuma estação, sem compreender o valor da delicadeza. O trem dá o tempo para o aprender.

Aprendi, também, a fechar os olhos para não ver sempre. Aprendi o prazer do esquecer. Longe de mim colecionar paisagens que doem pela ausência de rosas. Longe de mim a ignorância de deixar as rosas e viajar sem elas. O amor que me aguarda na estação – em qualquer estação – saberá que, mesmo antes de saber, senti. E que, só por sentir, convidei as rosas para viajarem comigo.

E, enquanto viajamos, pouco penso na chegada. Sei que há, e isso basta. O resto é aceitar o percurso e abraçar a alegria de nos sabermos vivos, de sabermos que, um dia, chegamos aqui, eu as rosas. As rosas e as estações. As rosas, as estações e o Maquinista.

E uma música bonita vem dos trilhos que equilibram a viagem e vem de vozes que ocupam o mesmo vagão e vem do que vejo dentro e fora.

Dentro, vejo futuros pedindo para nascer. Vejo feridas feitas cicatrizes. Vejo dor, também. Vejo passados faladores e silenciosos. Fora, vejo um azul tão lindo que esqueço o resto. E vejo nuvens. Benditas sejam as nuvens que caem água e que brotam rosas. Desacreditem, se quiserem, as rosas estão sorrindo para mim.

## 38 O Sol de Aristides

Estacionei todos os afazeres do dia e fui para o sepultamento de Aristides. A cidade pequena não é tão distante da cidade grande em que, há tempos, vivo.

Recebi a notícia com serenidade e alguma lamentação. Há não muito, havia falado com Aristides sobre a proximidade do seu aniversário de cem anos. Não chegou a completar. Despediu-se da vida poucos meses antes. Eu preparava uma surpresa. Simples como sua vida, como seus ensinamentos.

A primeira lembrança forte que tenho de Aristides foi na procissão de dor da morte de seu único filho, atropelado por um trem. Fui de mãos dadas com o meu pai e chorei o que nem sabia. Meu pai abraçou Aristides. Eram amigos. Meu pai tinha uma loja de tecidos e roupas, e Aristides uma loja de sapatos. O homem que vestia o caminhar das pessoas agradeceu o abraço e tocou no meu rosto com tanta delicadeza que pareceu querer consolar a mim, tão pequeno nas compreensões da vida.

O tempo foi passando e eu gostava de ir à loja do Aristides perto do horário do café. A casa ficava ao fundo e Amélia, sua mulher, preparava uns biscoitos de queijo que comíamos enquanto conversávamos a vida.

Eu era estudante de filosofia, quando ouvi dele a expressão "O Sol é muito maior do que parece." Enquanto bebia, aos poucos, o café fumegante pensando no Sol, ele emendou, "É para o alto que sobe a fumaça do que é aquecido." Outras palavras foram ditas em outras conversas.

Invariavelmente, já não morando na pequena cidade, eu o visitava. Gostava dos seus preceitos. Já com a loja vendida, revezava a vida entre as orações na igreja, o banco da praça e a poltrona confortável na sala, rodeada de livros.

Lembro a quentura das recentes eleições. Conversamos sobre famílias divididas, sobre ódios acumulados. E ele, docemente, "Tudo passa, filho, tudo passa."

Tenho algumas cartas dele que coleciono como adornos da minha alma. A cada novo livro meu, uma carta com os seus comentários. Em momentos de conquistas ou de dor, eu sabia que, em pouco tempo, o correio haveria de entregar seus dizeres.

Releio, vez em quando, a carta que Aristides escreveu, quando da morte de minha mãe. Ele ficou comigo no velório. Caminhou ao meu lado no mesmo cemitério em que agora ele se une à terra de onde veio. Mãos já envelhecidas encontraram as minhas – fortalecimentos para a compreensão da dor da orfandade.

"Filho, agradeça, simplesmente agradeça o ventre que te gerou." Eu concordei com a cabeça sem impedir o choro. "Sua mãe era só felicidades quando falava de você."

Foi nesse dia que eu repeti a ele a frase que ele disse sobre o Sol. "O Sol é de fato muito maior do que parece." O mundo é muito maior do que parece. A vida é muito maior do que parece. É para o alto que vamos, aquecidos por uma vida de amor. É para o alto que vamos, como a fumaça do café.

A mulher de Aristides, Amélia, ficou ao meu lado no sepultamento, "Ele te amava como a um filho." Choramos juntos, sem arroubos, com delicadeza. "Fizemos oitenta anos de casados, éramos jovens, sabe, e nem percebemos o tempo escapulindo." Eu disse "Sei", com o sorriso dos que tentam saber que não são os prazeres, as honras, o dinheiro que nos fazem saber que "O Sol é maior do que parece."

O que me parece é que nos perdemos quando perdemos as raízes que nos fincam no infinito. O que é finito é para ser também vivido sabendo que é finito. O infinito é só o Sol ou sua metáfora. São Francisco via o fogo e dizia que o fogo faz como o esplendor do Sol, não expulsa a noite, mas a ilumina. As noites da minha vida foram muitas. Eu nunca tive o poder de expulsá-las. Precisei vivê-las e até aprender com elas. Mas nunca deixei de acreditar, mesmo nas noites, na existência do Sol, mesmo nas noites, no amanhecer.

Do cemitério, fomos à casa de Amélia. Vi a antiga poltrona e fiquei algum tempo com ela. Comemos o biscoito de queijo, agora feito por uma sobrinha-neta, Ana Clara. Partidas e chegadas. Sementes que florescem, que perfumam, que despedem.

Comemos e, no despedir daquele dia, a saudade. O Sol de Aristides agora não mais conhece as noites...

# 39 A inevitável cicatriz

Eu tenho tantos passados que fica difícil dizer "sim". Diz minha prima, Cirlene, que é melhor trancar.

Não. Sou uma mulher arejada. Gosto de gostar das pessoas. Sou matriculada na escola das curiosidades. Se o mundo vive nas desatenções, faço o contrário.

Cirlene está enganada, mesmo diante da brutal realidade, não se deve trancar. Casas são trancadas, portas e janelas também e, também, os cofres e até algumas gavetas cujos objetos guardam algumas preciosidades. Pessoas, não. Pessoas nasceram para pessoas. Não se abraça a si mesmo no trancado da solidão. Não se conversa consigo mesmo no trancado do medo do encontro.

Foi Juliano o último que desdisse a minha crença, na verdade. Ele já mentia, há muito, com uma prima minha, cujo nome prefiro trancar. Uma prima do outro lado da família, não do lado de Cirlene. Cirlene é parente por parte da minha mãe que, na vida, só trancou as maldades.

Juliano e ela se deitavam, quando ainda estávamos juntos. Eu até cheguei a desconfiar, mas é difícil acreditar que o outro faça aquilo que eu jamais faria. Fizeram. Fizeram uma ferida enorme em mim. Fizeram na mesma casa em que nos amamos tanto. Voltei antes de uma saída e saí depois do que vi. Eles me viram.

Não sou mulher de escândalos, de arroubos. Vivo as minhas dores nos silêncios dos dias. Dos dias que não estacionam nunca. Passam.

Dei um nome à ferida: traição. Dei um tempo a ela, mais por desejo do que por razão. O tempo é desobediente, é caprichoso.

Cirlene chorou comigo. Era o que lhe cabia em meio à minha revelação. Eu disse a ele que não trancaria nada. Que fosse embora. Que fosse viver os seus desatinos. Ela disse que a história dos dois não levaria a nada. A prima, cujo nome me recuso a dizer, é casada.

Cirlene perguntou se eu iria dizer ao marido. Eu disse que não. Só disse que a ferida se transformaria em uma inevitável cicatriz. E que a inevitável cicatriz seria mais uma a oferecer a mim a lembrança de que sou humana.

Chorei com dignidade com minha prima. Chorei por minha prima e pelo homem que amei. Como eu queria acreditar na conjugação passada do verbo. Eu ainda o amo. Ainda é advérbio de alívios. Vai passar.

Ele tentou escrever uma ficção em minha alma. Disse que havia sido a primeira vez. Que foi um deslize em tempos de carência. Que era eu a mulher da vida dele. Eu disse nada. Só pedi que, levemente, levasse suas coisas. A casa era minha. Eu a havia comprado. Ele disse que eu não deveria ser rancorosa. Que o rancor era prenúncio de envelhecimentos.

Olhei os seus ditos e o rosto de onde os ditos nasciam e estranhei a ausência do rubor. Teria preferido que tivesse dito a verdade. Que falasse de uma paixão que surgiu. Que dissesse o tempo em que estavam vivendo o escondido.

Juliano não foi o primeiro a me trair. Sou eu a errada por escolher errado? Sou eu a errada por persistir escolhendo? Não, definitivamente não sou das trancas. Sou das pausas. Sou das que vivem os lutos nos silêncios. Sou das que se rasgam e se costuram. Das que caem e se levantam. Das que ouvem mentiras e prosseguem acreditando na paz que só a verdade entrega.

Sou uma mulher frágil e forte, medrosa e destemida, amorosa e amorosa. Dizer que não senti ódio dos dois é mentira. Senti e deixei de sentir. E se falo sobre o assunto é como registro, apenas, da inevitável cicatriz. É por isso que dou nome à minha dor. É por isso que, ao dar nome à minha dor, eu me reservo o direito de, no tempo certo, pedir que ela se retire. É por isso que, depois de sua retirada, eu prossigo na boa teimosia de viver.

Eu tenho tantos passados que fica difícil dizer "sim". Pois bem, não nasci para o fácil. Então, eu olho a vida aberta e digo "venha". Vamos prosseguir provando e, se preciso, reprovando. Os dias sucedem os dias. E assim é com os amores. Há quem tenha encontrado um único amor para uma vida inteira, parabéns! Comigo, não foi assim.

Benditas sejam minhas inevitáveis cicatrizes. E minha decisão de nunca deixar de amar.

# 40 O Domingo de Ramos e o caminhar das palavras

Desde criança, pergunto o que aconteceu com as palavras que foram ditas no Domingo de Ramos. As palavras de admiração. "Bendito o que vem em nome do Senhor!", "Hosana!", "Hosana nas alturas!"

E por que essas palavras? Porque a fama de Jesus o precedia. O homem que falava e vivia o amor. Que contava histórias, histórias que significavam vidas, histórias de perdão, de acolhimento, de palavras que semeavam paz. O homem que curava os doentes, que não tinha preconceitos. O homem que falava com Deus – e falava de Deus.

Então, o povo de Jerusalém queria recebê-lo com festa. E é de festa que se trata o Domingo de Ramos. Os ramos de oliveira estavam nas mãos daquelas pessoas que diziam as tais palavras de admiração. O que houve depois?

O mesmo povo pede que Jesus seja crucificado. A morte na cruz era reservada aos bandidos perigosos. Era a pena máxima. A pena capital. O sucesso de Jesus, seu carisma, perturbou a vaidade de alguns religiosos poderosos.

““Quem é esse homem que o povo ama tanto?”

“Quem é esse homem que se acha o filho de Deus?”

E os religiosos poderosos começaram a tramar contra Jesus. E buscaram outras palavras. Aquelas primeiras, as de admiração caminharam por um tempo. E, por um tempo, despertaram os mais belos sentimentos em um povo tão sedento de esperança.

Agora, vieram as outras palavras, cuidadosamente escolhidas para destruir a imagem tão bela daquele homem que era só amor.

“Ele está blasfemando”, “Ele profana o sábado”, “Ele é um falso profeta”, “Ele é perigoso”. Foram essas as palavras que se fizeram caminhar. E caminharam, com tanta força, que apagaram as outras, as belas, as de admiração.

Admirar significa mirar ou olhar com amor. Jesus era olhado com amor. As outras palavras, inacreditavelmente nascidas de grupos religiosos, grupos que deveriam dizer e viver o amor, eram de ódio.

O povo se juntou depois das palavras que caminharam impiedosas, se uniu em uma voz ensurdecida pela ausência de razão, pela ausência de sentimentos.

Ao responderem a Pôncio Pilatos, apenas gritavam ““Crucifica-o, crucifica-o!”

““Mas o que fez esse homem?”, queria entender o governador.

Não havia entendimento, ninguém mais ouvia a si próprio, era só o grito que insano gritava: "Crucifica-o, crucifica-o."

As palavras caminham. Não há dúvidas. E já caminhavam antes do tempo das máquinas, das tecnologias. Há palavras que caminham oferecendo o azul do infinito, a paz tão necessária. E há palavras que caminham com o poder do azedume. Roubam o sabor da vida, a alegria das convivências.

Sempre que ouço irmãos meus diminuindo, com suas palavras, outros irmãos meus, volto à pergunta da minha infância: "O que fizeram com as palavras de amor?" Das poucas verdades que tenho, tenho a de que os que diminuem irmãos seus com palavras de desamor nunca saem maiores.

O tempo ensinou quem estava certo naqueles tempos de que nos lembramos nessa semana santa. Os que gritavam ódio passaram. O que nem nos gritos de ódio desistiu do amor permaneceu.

Na cruz, já pronto para terminar a missão terrena, Jesus ainda teve tempo de dizer a palavra "perdão" para que caminhasse no continuar da história.

"Pai, perdoa, eles não sabem o que fazem."

# O alfabetizador de sentimentos 41

Criei uma escola em mim. Criei uma escola para ensinar a mim mesmo o silêncio.

Sou do mesmo barro dos outros, é essa a metáfora ensinadora do meu existir. Se vejo uma revoada de pássaros, brota em mim um sentimento de união, de paz, de compreensão de um voar coletivo.

Em mim, nem sempre são esses os sentimentos quando se trata de irmãos meus, nascidos do mesmo barro que eu. Então, podo o que brota, porque brota errado.

Já disse a mim mesmo, mais de uma vez, que esperar dos outros é caminhar entortado. É imaginar amparos, quando se pode estar reto, olhando para frente, sentindo o vento encorajador que vem do alto.

Não escrevo como duvidador do agir humano. Os humanos não se resumem aos seus erros. Errático sou eu, quando exijo dos outros – ou de mim mesmo – a perfeição.

Na revoada de pássaros, a harmonia me diz perfeição. No desenho no céu. No subir e descer. Nos sons que transmitem silêncio. Das revoadas, abasteço-me para viver os dias. Os dias nem sempre são de elevação nem de voo. Os dias têm perversidade e injustiças. Os dias têm arrogâncias e desamor. Os dias têm barulhos ensurdecedores. Barulhos que me cegam de ver os pássaros. Barulhos que me fazem desaprender o alto.

Então, eu preciso alfabetizar os sentimentos, primeiro os meus para depois escrever, com a vida, vivências de respeito, de ternura aos outros.

Perdoem-me os desabafos, mas não poucas vezes desacreditei de gestos de irmãos meus. De caminhantes comigo dos caminhos do existir. Tenho asas em mim, não como os pássaros, mas com a alma que me faz humano. Uma delas é a asa da liberdade e é em nome dela que alfabetizo todos os sentimentos que roubam de mim o que sou, um ser livre. A outra asa é a da bondade. Insisto em demitir as teorias que conferem aos irmãos meus uma natural maldade. Só acredito no que eleva. O resto é engano.

Não se enganem, não há felicidade no mal. Há, quando muito, alguma euforia. Algum riso por algum poder usado para diminuir o outro. Riso externo. A alma – a que tem as asas da liberdade e da bondade – jamais ofereceria sorrisos em tais circunstâncias.

O tempo nos leva alguma vitalidade, principalmente nos feitos do corpo, e em troca nos oferece sabedoria. Nos oferece, sem nos impor. A sabedoria não convive com a maldade. A inteligência, talvez.

Ouço dizeres de ações bem-sucedidas de pessoas que se julgam inteligentes que venceram, que destruíram irmãos seus. E não falo de pássaros, seres belos, porém irracionais. Falo de nós, os pensantes, os presenteados com a arte de alfabetizar. A si mesmos e aos outros.

Os pássaros sabem, desde sempre, quem são. Nós, não! Nós, que não voamos, voamos na alma, quando sabemos. Saber-se humano, saber-se livre, saber-se bondoso. Só assim as revoadas, harmonias externas, fazem harmonias em nós.

Aos analfabetos nos afetos, um modesto dizer, nunca é tarde para olhar os pássaros e para autorizar o encantamento e para aprender uma outra ação.

Criei uma escola em mim. Foi no silêncio que fui aprendendo o tempo e desautorizando a permanência de sentimentos que me impedem o voo. O voo da liberdade. O voo da bondade.

Ontem, fui ver o mar e agradeci o tempo. Banhei algumas cicatrizes que já não mais doem e vi o céu. Vi com olhos de ver. De ver fora. De ver dentro.

# 42 Pai, ensina-me a escrever

““Pai, ensina-me a escrever”, foi o que eu disse quando tinha idade quase nenhuma.

“Você já sabe escrever, filho”, foi o que ele respondeu.

“Queria escrever como o senhor escreve, com os sentimentos.”

E foi assim que ele deu um abraço que nunca mais desabraçou de mim.

Meu pai não era propriamente um escritor, não escrevia como oficineiro de um ofício nobre de eternizar os encontros das palavras para fazer livros. Escrevia em folhas de cadernos para meditar a vida. Escrevia poemas que sua alma lia. Poemas que, ao serem lidos pela sua alma, faziam dela ainda mais bela, tão bela que a vida fora se perfumava.

Guardo algumas dessas páginas envelhecidas pelo tempo. Havia muitos poemas para minha mãe. Poemas que nem sempre eram entregues. Eram sobre ela, eram sobre eles. Poemas de gratidão pelo amor que ele sentia. Poemas sobre o riso de minha mãe, sobre os seus olhos nos olhos dele. Poemas simples. Poemas lindos.

Um dia, chorei abraçado a uma almofada que descansava na sala de casa. Eu estava sozinho quando ele chegou. Ofereceu colo. Pediu explicação. Eu disse da dor. Eu disse do amor não retribuído. Ele disse: “Escreva, filho, aproveite esse sentimento e escreva para você não desperdiçar essa dor.”

Outra vez, foi em uma alegria, um presente de uma tia que eu amava muito. “Escreva, filho meu, escreva para não se esquecer da bondade.”

Senti medo, mais de uma vez, e ele me disse: ““Escreva, filho, dê nome ao seu medo, converse com ele, quem sabe vocês possam se entender.”

Faz tanto tempo dessas letras nascidas nas tintas do coração. Estudei estudos mais profundos da tessitura das prosas e dos poemas. Mergulhei a fundo na aprendizagem da semântica e da sintática. Fui estudar semiótica. Sempre no percurso de fidelidade à escrita, à literatura. E, modestamente, aprendi. E, humildemente, jamais desaprendi as lições de meu pai e de seus cadernos de textos sobre os seus cotidianos.

Ele trabalhou desde cedo, foi pouco à escola. O meu avô, pai de minha mãe, também não pôde estudar. Aprendeu as letras copiando as letras. A quem podia, pedia ajuda para escrever melhor. Os dois tinham letras tão bonitas e conversavam tão bonito sobre as vidas duras que viveram. E sorriam, inclusive, das durezas. Eram fortes nos prosseguimentos.

Meu pai, o escritor dos escritos do coração, foi à noite de autógrafos do meu primeiro livro. Eu era um menino, e ele um homem imenso de alegrias. ""Meu filho é um escritor, meu Deus, eu não tenho como agradecer", era o início de um texto seu no caderno dos poemas, no dia seguinte ao lançamento.

Ele prosseguia agradecendo e dizendo "Eu sei que ele nunca vai se perder na vida, os homens que amam as palavras não desamam as pessoas."

As palavras foram sempre minhas companheiras. Nas leituras e nas escrituras. No sagrado que leio das vidas que observo e no sagrado dos silêncios que concedem a mim a autorização para ler minha alma.

Na minha alma, ainda vivem meu pai e suas letras nascidas com tanto vagar. Era calmo meu pai. Era leve. O bom de ele habitar minha alma é que posso visitá-lo com frequência. E acreditar que a herança maior que um pai pode deixar a seu filho é um texto de bondade.

Meu bom José, meu pai, ensinou a mim o texto e o contexto. Nas páginas envelhecidas, as páginas da vida que permanecem. As compreensões dos erros dos outros que doeram nele e que ele perdoou. E uma decisão inegociável de jamais viver para vinganças.

Em uma das últimas páginas, ele escreveu, “Meu Deus, como é bom viver, como eu gosto de viver.”

É por isso que ele ainda vive!

## 43 A flor aprendendo o sol

O dia ainda dormia quando acordei. Uma ansiedade dizia coisas quando quem deveria dizer era o silêncio. As noites indormidas parecem ruídos sem desligamentos. Eu estava com medo do que teria que enfrentar.

O pensamento, que não controlo, que ninguém controla, pensava no depois. Ou no antes. Por que as doenças existem? Por que eu, que sempre me cuidei, ganhei um câncer no seio esquerdo?

Meu marido era inteiro ao meu lado para os enfrentamentos necessários. Minhas filhas, também. Mas era em mim a doença.

Sentei diante da paisagem. Há um jardim pequeno que vejo quando o sol começa a clarear o dia. E foi então que uma flor chamou minha atenção. Não sei por quê.

Era uma rosa solitária entre brotos de rosas e outras flores. Pensei em outras mulheres que enfrentam esses tratamentos. Pensei nas que não têm ninguém. Eu tinha amor suficiente para prosseguir. E estava solitária.

Meu marido é tão cuidadoso com o amor que, se soubesse que eu estava acordada, acordaria.

Eu estava gostando daquela flor aprendendo o sol. Choveu na madrugada. Chuva leve. O sol depois da chuva é mais bonito. Sempre soube disso.

A flor solitária dizia algo que acalmava minha solidão. É pena que sua beleza se despeça tão rapidamente. Desisto desse pensar. E olho a flor inteira.

Estou inteira mesmo sabendo que um pequeno pedaço de mim será retirado. Mesmo sabendo que eles o reconstruirão. Mesmo sabendo que os que me amam prosseguirão comigo.

O amor independe do tempo do existir da flor ou das feridas que crescem na gente e que precisam ser retiradas. Quando do resultado do exame, meu marido, mãos dadas comigo, disse delicadezas. Voltamos para casa rompendo silêncios. Ele queria preencher os meus vazios com novidades.

O amor floresce nos conhecimentos. Ele conhece os meus medos. Minha mãe se foi depois de lutas inclementes contra um câncer. Não era no seio, mas era câncer.

Eu não disse dela no momento da conversa com o médico. O mesmo médico que, um dia, deu um abraço prolongado em mim dizendo nada mais poder fazer.

Eu ainda não aprendi as despedidas. Alguém aprendeu? Em contrapartida, sou das emoções educadas. Guardo algumas dores enquanto ofereço alegrias.

O dia já acordou. É cedo, mas a luz já explica que a noite partiu. A noite do dia que doeu estava despida de luar. Meu marido e eu nos conhecemos em uma noite de lua iluminadora de futuros.

Foi por acaso. Ou foi por uma flechada que une os que amam antes mesmo de se conhecerem. Eu saía da faculdade atravessada por um cansaço inesquecível. Eu cuidava de minha mãe, dos estudos e da papelaria do meu pai. Meu pai não prosseguiu depois da partida de minha mãe. Poucos meses separaram o reencontro no mistério. Gosto de imaginar que ela estendeu as mãos para ele e prosseguiram.

Tropecei na saída da faculdade e Leo me impediu a queda. Nos olhamos e nos apresentamos. Sempre me perguntei se eu tivesse saído alguns minutos depois ou se ele tivesse se adiantando se nos conheceríamos de outra maneira. Casados há tanto tempo. Quando acordo e escuto o seu ressonar ou quando encosto minha vida em seu coração e ouço o bater de um amor que ajuda minha vida a ter significados, agradeço.

Nasci solitária como nascem os que nascem. Senti e sinto a solidão mesmo tão bem acompanhada. Há dores que nascem de pensamentos que são nossos. Os que nos amam podem acalmar, podem regar de beleza a flor bonita que somos. A flor solitária do jardim conversa comigo enquanto aprende o sol. Eu aprendo o sol todos os dias. Aprendo a acolher a luz e aprendo a dar calor.

O dia amanheceu frio, mas há de esquentar. Há algo em mim que diz que ainda não é tempo de encontrar os meus pais nem de outras flores que florescem no jardim que apenas imagino. O que vejo é uma vida a ser vivida.

Decido caminhar para a cozinha e resolver o café. Enquanto caminho, sinto os braços do meu marido abraçando minha caminhada.

““Por que não me chamou, amor?”

Abro um sorriso lindo de gratidão. Ele me beija com tanta ternura que fecho os olhos. Fecho os olhos e vejo a flor que ficou em mim enquanto eu esperava o nascer do sol. Haverá de ser um dia bom. Um dia escrevendo em mim que tudo vai dar certo.

# 44 Mãe, uma palavra, um poema, uma oração

Dizer "mãe" faz bem à alma. Mãe é palavra que, pronunciada nos mais diversos idiomas, oferece um sorrir. Expressa um dizer às origens: o ventre, o cordão umbilical, o cuidar, o engatinhar, o chorar, o sentir.

Mãe é colo, é caminhada. É correção e é alívio. É, desde sempre, um fazimento de alma. No ventre, antes do nascer. No ventre, depois dos nascimentos tantos vida afora. Nascer dói. A dor é parte do que somos.

Mãe é, também, descansos. Um abraço de mãe, depois de uma queda, é cicatrizante. Há outras quedas que não doem o corpo. Há quedas que pedem silêncio e espera.

Mãe é autorização para os vazios e é preenchimentos de amor. Mãe é palavra e é poema. Três letras e um poema inteiro. Porque o poema é uma inclinação para o alto, para dizer o indizível, para pintar de cores, de emoções, as paisagens comuns.

Uma mãe e um filho são uma paisagem comum. Uma mãe e um filho são um poema explicador da vida, nunca deixando de ser gerada. Um poema é um punhado de infinitos nos dizeres. Por isso, escrevi tantos poemas para minha mãe. Por isso, sorri nas suas leituras, e chorei nas suas emoções, nos seus contentamentos com a minha gratidão.

Hoje, escrevo orações. Mãe é também oração. Se a oração é o que nos eleva, mãe é oração. Se a oração é o que nos aproxima do Sagrado, é no sagrado encontro de amor, que dura toda uma vida, que compreendemos a árvore diante dos frutos.

Sou fruto de minha mãe. Suas sombras me acalmaram e suas seivas me alimentaram. Suas canções cantam esperanças, ainda hoje, em mim. Sua partida partiu parte de mim. Parte que se reconstrói nos encantos da memória.

É de saudade que me alimento para trazer o passado no meu pensar e deitar novamente no colo que mais me alimentou de amor. No colo que me oferecia mãos que enterneciam o tempo em que éramos nós. Mãos que brincavam com a minha cabeça tão cheia de necessidades.

A delicadeza daqueles instantes nunca partiu. Mãe, uma palavra, um poema, uma oração. Se compreendêssemos o poder da delicadeza, nasceríamos muitas vezes para redizer o amor. Não há presente maior para uma mãe do que um filho redizendo o amor, do que um filho reencontrando o cordão que harmoniza o viver a vida.

É no coração – metáfora do sentir – que a saudade e o futuro compõem o tempo presente. No meu presente está ela, minha mãe, sorrindo um sorriso que nunca deixou de sorrir em mim.

Feliz Dia das Mães.

# O que o fogo silenciou

## 45

Ouvi de uma amiga a decisão inegociável de pôr fim a uma dor. Disse com precisão que algumas dores não batem à porta, apenas entram e desconversam o tema da permissão.

Outras só permanecem se autorizamos.

E foi assim que ela, em instantes, apagou no celular anos de conversas de uma história que prometia a eternidade. Seu amor fez mágoa. Seu futuro com aquela companhia deixou de ser – em alguns instantes.

Eu ouvi sem dizer do amanhã. Sem dizer do que prometemos e não cumprimos. Do que encerramos e prosseguimos. Dos embates valentes entre a razão e o sentimento. Fizemos silêncio, enquanto os olhos emprestavam lágrimas para alívios da alma. Ela se deitou em meu colo e se encolheu como que no ventre materno, como que pedindo um outro nascimento.

Nascemos várias vezes em uma vida. Nascemos, inclusive, todos os dias. Nascemos, com mais força, em todos os momentos em que retiramos de nós o que nos impede o próprio nascer.

Nasceu em mim, naqueles instantes, a lembrança de tia Joelma, que compartilhei com ela, minha amiga Joana. Nomes tão próximos, dores tão parecidas, tempos distantes no despedir o amor. O amor?

Eu era adolescente quando vi minha tia sentada ao pé de uma caixa no quintal de chão de terra. A caixa tinha fogo. E o fogo ia sendo alimentado por cartas, há anos guardadas de um antigo amor. Ela chorava, enquanto lançava uma a uma. Chorava e dizia nada. Fui ficar perto dela, sem entender muito. Ela autorizou.

Era noite. E aquele fogo iluminava bonito e, também, aquecia e, também, explicava. Tia Joelma não revelou toda a história. Soube, por comentários outros, que as revelações vieram antes. Antes da noite do fogo. Antes da noite em que o fogo silenciou tantos dizeres. Eu entendi que eram mentirosos. Acreditar, durante anos, em uma história e ter que desacreditar nela é um ato de coragem.

O tio, de quem já não me lembro o nome, e conheci poucas vezes, não era apenas da minha tia. As cartas enviadas para disfarces precisavam ser queimadas. Ele se justificava viajante. Tinha que estar distante para cumprir suas obrigações.

Obrigada à espera, um dia ela soube. As viagens eram para a casa de antes, para a casa de sempre. Era outra mulher. Eram os filhos. E as juras de fidelidade.

Minha tia não quis destruir o casamento da outra. Nem fez chegar quem era. Apenas queimou as cartas. Queimou quase dez anos de um namoro aguardando casamento.

Casou-se depois. Tio Miguel foi um marido especial. Viveram de delicadezas e de verdades. Certamente sofreram, certamente conviveram com imperfeições, mas o certo é que decidiram ser um do outro.

Já morreram todos, menos a história. As labaredas queimando a espera. O fogo fazendo cinzas das mentiras escritas com alguma beleza. A beleza maior é conseguir. Conheci outras histórias que fingiram não saber o sabido, que conviveram com o falso, com o inventado. Que sofreram a conta-gotas.

Não sei se Joana, minha amiga, vai ter a decisão de minha tia Joelma. É muito recente. Os dizeres que nos dizemos nem sempre prosseguem nas teias dos sentimentos. Mas já é um primeiro passo.

Apagar ou queimar é essencial para os renascimentos. Não para esquecimentos. Mas para prosseguimentos. A esperança é diferente da espera. A espera é passiva. A esperança é corajosa, inclusive para explicar que a espera já não mais é devida.

# 46 As atitudes de Generosa

Gosto do nome de minha vizinha, Generosa. Gosto da minha vizinha.

Generosa é mulher de vida sofrida, como eu.

Vim sozinha enfrentar o mundo. Saí de uma casa de violências e vim respirar a paz. Minha mãe havia falecido, há pouco, e o homem com quem ela se casou, desde sempre, achou que eu era dele também. Tive tristeza de dizer à minha mãe. Cheguei a achar que ela sabia. Os olhares que ele deitava em mim eram sem disfarces. Eu tinha quinze anos e tinha medo.

Meu pai faleceu um pouco antes do meu nascer. Minha mãe passou anos conversando com a solidão. E foi, justamente, aceitar Nivaldo. Foram três anos em que eu me esquivava de encontros e que jurava a mim mesma partir. Minha mãe adoeceu quando eu ensaiava a despedida. Tive que ficar perto. E longe dele.

Depois do sepultamento, chorei todas as orfandades e vim para a grande cidade. Ele fez de tudo para impedir. Não sou mulher de autorizar impedimentos. Aqui, conheci Generosa.

Se meu sofrimento doeu, imaginem o de Generosa. Espancada pelo pai e pelo padrasto. Violentada pelo padrasto e desacreditada da própria mãe. Foi à polícia. Fez o certo. E partiu. As circunstâncias ela não decidiu. As atitudes, sim.

A mãe não perdoou a filha. A prisão do companheiro doeu nela. Alguns anos depois, o homem foi solto e foi Generosa quem salvou a mãe dos espancamentos. Aí o perdão e o intento de reescrever os ontens. Não é possível. Ou é possível no partir.

Trouxe a mãe para morar com ela e com Hélio, seu marido. Os dois filhos amam a avó, e Generosa reinventou os seus passados. Soube de todas essas histórias, quando contei a minha. Ficamos amigas. Aprendi sobre as atitudes com ela. Não decidimos a família em que nascemos, nem a cor da nossa pele, nem o nosso gênero – sequer o tempo do nosso existir. A língua que aprendemos é a que nos ensinaram. É a filha das circunstâncias da nossa cultura. A nossa cultura pode até relativizar alguns erros, mas nós podemos ir além. Ninguém nasceu para aceitar espancamentos nem abusos. Os olhadores outros só veem uma parte do que somos. Talvez não precisem ver tudo. Talvez seja melhor que, uma parte, revelemos apenas àqueles que têm olhos de olhar, ouvidos de ouvir, coração de sentir.

Quem passa por situações de violência precisa encontrar vínculos para prosseguir acreditando. Hoje, vivo em paz, embora visite com alguma frequência as minhas cicatrizes. Já tive alguns relacionamentos, mas ainda me faltam as atitudes de Generosa. Desenho desconfianças em textos que poderiam registrar escrituras de histórias bonitas. Tenho medo da entrega e do que vem depois. Desacredito das promessas e, quando começo a sentir que estou cedendo, tranco as portas de mim mesma.

Generosa me diz que eu respeite meu tempo. O amor é vento que não venta uma vez só. Que venta leve para dar suavidade sem desmanchar quem somos. Se vem como tempestade, desconfie, diz ela. Se vem sem vir, com as fraquezas dos indecisos, aguarde outro sopro. Mas trancar as portas não é a melhor decisão para quem gosta do existir.

O sorriso de Generosa é tão ensinador que presto atenção às suas redenções. As circunstâncias da minha vida eu não decidi. Não mandei nas despedidas. Não autorizei meu pai a partir sem me conhecer nem a minha mãe a conhecer quem não devia. Mas as atitudes eu ainda quero aprender. Ainda hei de dizer a mim mesma: eles já não são, eu ainda posso ser.

## O cair das pétalas

47

Era um dia como qualquer outro dia. Para alguns, quente, para outros, frio. Era uma tarde como qualquer outra tarde que separa o amanhecer do despedir do dia.

Era um entrar de pessoas e um silêncio levemente quebrado por alguns dizeres ao pé do ouvido, em sinal de respeito. Era um chorar contido e um soluçar mais dolorido da surpresa do corpo sem vida descansando no caixão. A morte não é uma surpresa.

Nós, pétalas, não pensamos na morte. Nós, pétalas, não pensamos. Nascemos broto, nos formamos rosa, perfumamos algum tempo e nos despedimos. Quando somos colhidas, não sabemos para onde vamos. Enfeitar algum ambiente, preencher de beleza os espaços dos casamentos, das festas, dos batizados, dos velórios. Nos velórios, nos usam para suavizar a quentura ou a frieza da vida.

Nós, pétalas, também somos dizeres para encontros de amor.

O morto foi certamente amado. Sei nada das pessoas que, agora sentadas, olham para o caixão. Algumas foram mais próximas, outras vieram em sinal de respeito ou em solidariedade à dor dos irmãos.

Uma mulher quebra o silêncio com um andar mais desajeitado em um salto pouco discreto. Um homem tenta encontrar um espaço entre as coroas que trazem dizeres bonitos de despedida. As coroas ameaçam cair. As pessoas se voltam para o fundo. O homem se envergonha e equilibra a queda e volta para o silêncio. É quase um dançar o olhar para um lado e um devolver o olhar para onde se deve olhar no dia da despedida.

A vida é um equilibrar e um cair e um levantar-se e um cair novamente e um aprender a equilibrar. E um desaprender. E um prosseguir tentando.

O corpo é um depositório de histórias tristes e de outras felizes. É um recebedor de beijos, abraços e de ofensas. É um templo do sofrer o tempo e os tempos de incompreensão. Ninguém vive compreendido o tempo todo!

A música que escolheram é bonita. As palavras que foram ditas, também. Presto atenção nas orações. Dizem sobre a vida que deixa de ser vida para ser vida – onde, não sabemos.

Eu acredito. Sou pétala. Pétalas acreditam nos dizeres belos.

Estamos no alto. Eu e as outras pétalas. Estamos no alto arrumadas para chover, quando o caixão for descer. Estamos no alto para cair amor no último amor a ser dado ao corpo que volta para a terra. O corpo é terra também. E é água. E é vento. Na sala, não há vento. Há o fogo das velas lembrando a luz que gasta, que se apaga, que nunca deixa de ser luz.

Nós, pétalas, saímos da terra e voltamos para a terra. É tudo tão pensado. Não por nós. Eu sou pétala – como disse, não penso. Apenas sei dos espinhos e do perfume. É tudo pensado por quem fez tudo. O homem, as pétalas e todo o resto.

Gosto das despedidas, porque não acredito nelas. Como sou pétala, sou perfume que permanece e sou tão pétala quanto as outras pétalas que já vieram e as que ainda virão. Pétalas prosseguem existindo. Vidas, também.

Vejo uma criança no colo da mãe. Chegou há pouco tempo. Desejo que ela saiba escolher o belo na bela experiência que é o existir.

Agora, é a última música. Uma música de amor. As lágrimas começam a dizer as histórias que cada um teve com o morto. O morto que é vida onde ninguém vê.

E começamos nós, as pétalas, a cair sobre o corpo. Nada mais nos resta a não ser ensinar o que a morte ensina. Na partida não levamos nada, apenas as pétalas que simbolizam as ternuras que plantamos por aqui.

# 48 Cozinhando palavras, alimentando sonhos

O cheiro daquele tempo é ainda aconchego. O nome já era uma explicação, Dulce.

Dulce era a vizinha que cozinhava. Era a doceira que fazia os dias terem mais sabor. Havia uma varanda e uma primeira sala em que os doces ficavam esperando para dar prazer. As cidades vizinhas também vinham comprar os doces de leite, de abóbora, de figo, de laranja, as cocadas, a paçoca e os outros que eram cuidadosamente nascidos das mãos preparadas para o alimentar de sonhos. Também havia sonhos. E havia, também, as conversas.

Dulce não economizava no contar histórias. No explicar os ingredientes. No alimentar além da fome do corpo. O que me lembro, também, quando lembro o cheiro, são os bolos. E os bolos tinham palavras. Exatamente isso. A cobertura do bolo vinha com palavras de trechos de livros.

Dulce era uma leitora voraz. E gostava de falar de literatura. Das brasileiras – Cecília, Clarice, Rachel,

Lygia, Adélia, Nélida – aos de outros cantos – como Pablo, Miguel, José, Fernando. Fernando é o Pessoa. Adélia é a Prado.

Adélia iria gostar de conhecer Dulce. E Nélida Piñon teria gostado, também, tão conversadeira que era. Foi a primeira vez que ouvi a história do cavaleiro errante. Foi a primeira vez que ouvi sobre Guimarães e a terceira margem do rio.

Havia rosa no quintal de Dulce. Como não haveria? Dulce nasceu para o belo.

De casa, eu sentia o cheiro e ficava imaginando que palavras estariam escritas no bolo que crescia. As palavras nos fazem crescer. As palavras nos alimentam do doce da vida. Não digo das palavras que doem e que diminuem e que violentam sentimentos. Essas não tinham vez no crescer daqueles bolos.

Dulce também sabia sorrir. Um sorriso lindo. A outra vizinha, Carmen, dizia que não havia o que tirasse de Dulce a alegria. E até brincava com os seus dizeres sempre tão acolhedores dos dias. Gostava Dulce das chuvas e do sol. Gostava quando chegava o frio para usar as roupas de frio. Gostava dos dias de calor para que os filhos aproveitassem uma piscina improvisada em um tanque grande no quintal.

Joaquim, o primeiro nome de Machado, era o seu marido. Trabalhava como responsável pela igreja de Santo Antônio, que ficava na parte alta da cidade, onde muitos casamentos eram realizados.

Antes de fazer os bolos para os casamentos, Dulce exigia conversar com os noivos. E dizer do que não poderia faltar para que não desandasse, para evitar os azedumes, para que não queimasse nem esfriasse.

No seu brincar, dizia do apetite do marido. Joaquim corava. Como se amavam aqueles dois! Eu já não morava na cidade pequena, quando fui às bodas de ouro de Dulce e Joaquim. Fui curioso ver as palavras do bolo. Era de Victor Hugo, "A suprema felicidade da vida é ter a convicção de que somos amados."

Eram pessoas simples nos seus cotidianos. Eram pessoas grandes nas necessárias compreensões sobre a vida.

O cheiro daquele tempo é ainda aconchego.

# O selo da paz

## 49

Para quem escrevo uma carta perguntando as perguntas que significam a vida?

Para quem escrevo uma carta com as fotografias ou, talvez, os filmes dos dias que vejo?

Vi crianças deixando a vida antes de a vida deixar as crianças viverem a vida. Vidas interrompidas por bombas de ódios que explodem os horrores da ambição desmedida. A insana guerra. A guerra que começa, que desorganiza os dias, que nos inícios traz sensibilidades, incômodos e que, depois, com elas se acostumam os que dela não fazem parte.

Fazemos parte. Fazemos parte da mesma humanidade em que prosseguem irmãos nossos morrendo nas guerras. A medida da vida está no selo da paz que busco para enviar a carta com as perguntas que me perguntam se eu nada posso fazer.

Vi uma mãe gritando a dor mais doída do mundo com o filho se despedindo do mundo. O corpo sem vida. A vida sem o corpo daquele menino. Lágrimas de mães doem em mim e me fazem querer escrever a carta com o selo da paz.

Onde se fabricam os selos que selam as cartas? Onde se fabricam os ódios capazes de selar destinos, de antecipar partidas, de roubar futuros?

As guerras guerreiam de informações incorretas o mundo. Sempre foi assim. Informações que chegam sem o selo da paz. Porque se há alguma coisa que eles não se preocupam é com a paz.

Há outras guerras, nos cotidianos de dor das famílias. O que será dos amanhãs de crianças espancadas dentro de casa? Já no broto, o desgosto. Já no broto, a incompreensão do dual do humano.

Porque na carta com o selo da paz também direi do que alimenta de esperança os dias. Das lágrimas de emoção. Das mãos que oferecem ajuda. Dos dizeres que dão aconchego. E dos aconchegos tantos que retiram dores e que oferecem cimento de amor para construção de novas vidas.

Conheci Teresinha e suas crianças, antes desassistidas. Conheci João e seus velhinhos cheios de cuidados. Conheci Priscila e seus alunos com ou sem deficiência vivendo a dignidade e a alegria dos dias. Conheci e conheço fazedores de selos da paz. Em profissões diferentes. Em diferentes lugares do mundo. Do mesmo mundo onde as guerras prosseguem nos convidando a demitir a esperança.

Não demito. Ela mora em mim. E é ela quem me faz querer escrever uma carta. Uma carta em busca de um destinatário. Até sei alguns nomes que gostaria que lessem essa carta. Alguns líderes que não são líderes. Alguns detentores do poder de conduzir nações. Conduzem nada. Ódios não são condutores. São bloqueadores da harmonia do viver.

Para quem escrevo uma carta perguntando as perguntas que significam a vida? Para mim mesmo? Para os que lerão em mim alguma paz? Para as minhas possibilidades cotidianas de levar paz comigo?

Quero a leveza de chegar nos lugares oferecendo vida, e não morte. Quero a bondade necessária de não desconsiderar ninguém que vive comigo, mesmo que por alguns instantes – mesmo que em um lugar de movimentos e de desatenções. Quero ser a atenção que explica os textos mais bonitos que podem uma carta guardar.

Guardo em mim outras cartas que me escreveram e que me fazem querer escrever. As letras de bondade nascidas de tantos encontros na minha vida me fazem querer cessar o que impede irmãos meus de também encontrarem um selo de paz para escreverem suas cartas.

As crianças que morreram e morrem nas guerras não puderam e não podem escrever cartas... e sequer conheceram, conhecem o selo da paz.

# 50 O mundo im(próprio) de Alceu

Começo explicando o incorreto de conclusões tão apressadas. Não se julga um livro pelas primeiras frases, não se conhece uma floresta pelas árvores que se avistam na chegada, não se decide sobre alguém no primeiro encontro.

Encontrei Alceu.

Era um dia despretensioso com um sol sem prontidão para algum calor. Alceu veio com João, amigo de há muito. João fez uma apresentação um pouco desajeitada, olhou para mim e lascou: "Você se lembra do Alceu?"

Sorri os instantes necessários para um prosseguimento de informações ou alguma lembrança, até então, falha. Foi de Alceu o dizer ausente de dúvidas. "Claro que sim, estivemos juntos no casamento de Daniela."

Piorou. Quem seria Daniela? João ajudou, "Quando foi?" "O ano passado, em Capri." Então tomei coragem, "Não estou conseguindo me lembrar de quem seria Daniela, mas sei que nunca estive em Capri." Alceu é dos que teimam, "Claro que esteve, no ano passado." E João ajudou, "Você deve ter esquecido."

Não há registro em mim desses esquecimentos. Decidi o silêncio e o pedido do café. "O café da Alemanha é o melhor do mundo", disse Alceu. João concordou afirmando ser novidade para ele. Prosseguiu dizendo impropriedades sobre o pouco preparo dos garçons. Não gostei. E, ao defender, fui interrompido. Pedi desculpas ao garçom.

Súbito, resolveu falar sobre educação. Alceu disse que a educação na Finlândia não era tudo isso. Perguntei se ele era professor. Ele disse que não. Se conhecia a Finlândia, também não. Eu disse nada.

Sobre política, falou de um governante latino-americano que era seu ídolo. O melhor dos presidentes. Eu quis saber quem era. Alceu lembrou-se do país, mas não do nome do ídolo. João concordou com o não sabido, dizendo que nem todo mundo guarda todos os nomes.

Eu já havia terminado o café e queria dizer as despedidas, quando João falou sobre um convite para ir a um teatro ver um grande cantor brasileiro. Alceu disse que achava o cantor com um ritmo desanimado. O meu silêncio com o menear da cabeça encorajou João, pela primeira vez, "Quando foi a última vez que você foi ao show dele?". "Nunca fui".

Eu, então, fui dizendo algum 'muito prazer' propositadamente. E ele disse, "Está vendo, você está esquecido, lembro inclusive de Lívia, que estava com você, a escritora." "Você quis dizer Lygia?" "Que seja", disse Alceu e prosseguiu "Agora se lembrou, finalmente?"

Nunca me esqueci do nome de Lygia e o fato de que nem com ela ou sem ela estive em Capri. Mas nada disse. Ainda durante o café, Alceu discorreu sobre o quanto as mulheres têm interesse nele. Soltou alguns dizeres absurdos sobre usar e descartar.

Achei Alceu feio. Permitam o desabafo. Rosto mal-arranjado. Cabelos pintados de um caju enriquecido de um gosmento gel. Sobrancelhas aprumadas. Dentes exageradamente brancos. Roupas com marcas em exposição. Mas, segundo ele, por exalar masculinidade, podia escolher. Falou ainda do dinheiro em excesso e do pouco apreço ao trabalho. "Trabalhar é para quem precisa" foi o epílogo daquela tarde com sol sem calor.

No caminho de volta para casa, agradeci o som do silêncio e o dizer bonito das paisagens. A feiura de Alceu não é física. Ou é. Mas da ausência da física dos encontros ou da química da humildade. Fiquei tentando entender João cortejando Alceu. Apesar de nos conhecermos há muito, eu pouco admiro seu deslumbramento diante de quem ostenta dinheiro. Prefiro a felicidade simples dos que simplesmente tomam o café e compreendem o simbólico do que faz com que a fumaça suba para o alto.

Aquecido com a solitude, cheguei em casa.

# 51 Apetite de amanhãs

"Prefere o silêncio ou gosta das conversas?", foi a pergunta que ela me fez assim que me sentei em seu táxi. O nome da motorista é Laura.

""Podemos conversar, claro."

Ela sorriu também com os olhos. Olhos claros os de Laura. Eu os admirei pelo espelho. A conversa começou sobre o bom do dia, o bom dos dias. "Eu fiz uma cirurgia na coluna, não posso dirigir o dia inteiro. Costumo chegar no ponto às seis da manhã e trabalho até duas ou três da tarde."

Eu quis saber da cirurgia. Ela disse que teve algum medo: "Afinal, tenho 84 anos."

Reparei nas mãos envelhecidas de Laura. Nas veias. Fiquei imaginando os caminhos conduzidos por ela.

"O que há de melhor em ser taxista?"

"Ah, a gente conhece muitas pessoas, muitos endereços, escuta muitas histórias."

E prosseguiu: "Para alguns, eu dou conselhos. Ontem mesmo, ajudei uma mulher a se reconciliar com a bondade."

Achei bonita a expressão. Quis saber. Ela contou. Contou do seu marido, morto há alguns anos. "Ele gostava mais de falar com Deus do que de falar com as pessoas. Já eu, vejo Deus nas pessoas, por isso converso."

Eu repeti a frase para mim mesmo: ""Eu vejo Deus nas pessoas."

O sol estava bonito. O conduzir do carro, também. Uma direção segura por sobre o asfalto. Perguntei dos cotidianos. Perguntei dos dias de chuva, e ela me respondeu com os agasalhos.

Falou de política e de suas decepções. Comentou sobre as ausências de amor. "Ninguém pode ser um bom prefeito, um bom presidente, sem amor." Concordei dizendo da profundidade dos seus dizeres. O amor é o movimento mais responsável em direção ao outro, para compreender, para cuidar, para permitir o seu florescimento.

Quis saber da minha profissão. Achou bonita a minha escolha - professor. Disse que, se não fosse taxista, gostaria de ter sido professora. E riu, brincando, ""Quem sabe um dia?"

Ela voltou a falar do marido e da falta que ele faz. Perguntou das minhas perdas. Eu disse. E, dizendo, falei de minha mãe. O marido morreu no mesmo ano que minha mãe. Falamos os dois das despedidas. E falamos das lembranças, também.

Laura disse dos erros de querer muito. "Se há alguma coisa que eu aprendi nessa vida é que nada vale mais do que os sentimentos." Concordei. Como imaginar uma vida sem os laços que nos enfeitam de alegria os dias?

"Ah, eu sou alegre, não dou espaços para amarguras. Eu olho para o passado, mas tenho apetite de amanhãs."

Um carro fechou um outro, que buzinou com impaciência. Laura balançou a cabeça em sinal de desaprovação. Ao passar em um pedaço da cidade e olhar para as pessoas em situação de rua, ela disse sem precisar de outras explicações, "Corta o meu coração."

Há pessoas que deixam de enxergar os sofrimentos dos outros. Laura, não. Ainda houve tempo para falarmos da filha da vizinha que se cortava nos braços. "Fico muito preocupada com as crianças de hoje em dia, parece que não brincam mais, não sei, é tanto peso sobre elas." Concordei e disse que ela seria uma boa professora.

Antes de chegarmos ao destino, ela pediu que eu indicasse alguns livros. "Por causa da coluna, tenho que chegar cedo em casa. Então, tenho mais tempo para leitura." Quando o carro estacionou para que eu pudesse descer, ela pediu uma foto. Tiramos. Entregou seu cartão e se ofereceu para outros caminhos.

Decidi que vou chamar Laura muitas vezes. Gosto de ser conduzido por quem tem apetite de amanhãs.

# A conferência da saudade

52

O dia demorou a dizer. O relógio já explicava o amanhecer e o amanhecer não amanhecia. Tampouco em mim.

A janela, feita para o acordar com o sol, estava aberta e eu nada via. Vi, em mim, tantos sentimentos. Foi como uma conferência da saudade.

Há fotografias espalhadas nos cantos que dão acesso à janela. Os meus mortos nunca morreram em mim. Ouço a voz do meu pai. A voz que dizia honradas atitudes. A voz que amainava os calores provocados por discordâncias entre nós.

Éramos em muitos filhos e mais os primos. E a casa grande tinha grandes barulhos. A voz do meu pai silenciava. A voz do meu pai dizia vida naquela vida comum. Olho sua foto e ouço ""filho" e o complemento. Ouvir ""filho" acalma a demorada chegada do sol.

Meu avô, pai de minha mãe, foi um ensinador de resistências. Sofreu sofrimentos com a altivez dos que plantavam a terra e os valores corretos. Sou colheita.

Não negligencio os sinais que me orientam a não desviar da rota, mesmo quando os atalhos parecem fazer chegar antes.

Chegar antes por quê?

Chegar antes aonde?

Já corri a corrida insana de provar que poderia vencer. Já estacionei o dia, explicando a mim mesmo que vencer é desocupar a mente e os sentimentos da necessidade de vencer.

A saudade traz o sorriso da minha mãe. Outra foto. Dentro e fora. Ela e meu pai. E os olhares. E o beijo próximo de ser beijado. Se fosse filme, eu poderia ver o beijo. Há o filme em mim. O filme da infância. A mesa da família onde as refeições eram feitas. As conversas sobre as grandes virtudes.

Minha avó gostava de nos fazer comer além do necessário. Sorria a satisfação de nos oferecer alimentos. Ofereceu a vida toda para exercer o ofício do cuidar. Era mais alta do que meu avô.

Os que trabalhavam em casa eram da casa. Havia a Rosa que, antes do anoitecer, nos contava histórias. Era inventadora de causos que causavam medo. Minha mãe ralhava com ela. "Depois eles não dormem."

Às vezes, não dormíamos mesmo. Eu achava Rosa de uma valentia indescritível. Ela não temia a noite. E saía pelo quintal afora sem se preocupar com os seres que acordam quando dormimos.

O café nos cheirava antes. A mesa tinha os pães feitos em casa, os bolos, as frutas – algumas do pomar. E, depois, a escola. E, depois, a volta para casa. Havia as escadas, e no alto delas o abraço de mãe. Prolongado. Festivo.

Dias de poesia eram aqueles. Eram dias em que o sol nunca tardava. Nunca. Nem quando chovia. Nem quando as nuvens inventavam algum pretexto para não ventar.

E havia as férias. E as viagens para a casa da praia. E as histórias que meu pai contava, enquanto dirigia. E o silêncio que obedecia à curiosidade de saber o que aconteceria com as personagens que ele inventava.

Minha mãe acordava antes para cozinhar o que comeríamos na praia. Eu gostava de imaginar até onde o mar poderia nos levar. Nas suas águas. Nas metáforas do quão pequeno somos na imensidão de tudo o que há.

E havia a oração em família. Meu pai era um devoto do sentimento da gratidão. Orar é agradecer. O que precisamos Deus sabe, não precisa pedir. É o que ele dizia. Minha mãe era dos pedidos. Achava que não custava lembrar a Deus. Meu pai argumentava, dizendo que Deus não precisa das lembranças. Nós é que precisamos. Precisamos mesmo.

Quando se foram, a ausência causava dor. Hoje, causa gratidão. Quantas histórias lindas desenhando a história que sou. Com os tropeçares todos. Com algumas noites prolongadas. Com algumas despedidas não autorizadas.

Fosse eu o autorizador, estariam todos aqui. E nos sentaríamos juntos para o café cheio de vozes. Ouço as vozes todas nessa conferência da saudade e ofereço ao sol, que acaba de chegar, minha sincera gratidão.

# 53

## O poder das vozes

Dei à minha filha o nome de Elizabeth. Foi uma homenagem à minha primeira professora, do antigo primário.

Engravidei sem grandes intenções. Já pedi perdão à minha filha por isso. Um dia, em uma longa conversa, em que ela desentendia a ausência do pai, expliquei. Tinha vinte anos e ele 22. Ele quis que eu tirasse. Eu concordei. Eu sofri. Eu discordei. Eu decidi. Ele deu a mim, então, a responsabilidade do cuidar.

Foi em uma noite, sozinha. Entre choros e antecipações de como seria o amanhã,  decidi. Com a barriga dizendo a vida que crescia, fui amando minha filha mais do que a tudo nesse mundo.

Minha mãe havia morrido um pouco antes da minha gravidez. Mas as suas vozes prosseguiam sussurrando o correto da vida. Mulher simples, lavadeira, arrumadeira da casa dos outros, doceira nos finais de semana, criou a todos nós. Eu sou a caçula de cinco irmãos.

No velório da minha mãe, minha professora estava. Sentamos juntas. E ela observou as coroas.

Apresentei minha professora dizendo ser ela uma rainha. E foi. Não me lembro do conteúdo das matérias. Eu era muito pequena. Lembro-me das suas atitudes.

Diferentemente da famosa Rainha da Inglaterra, minha professora não usava coroa, coroava a nós com o título de os mais amados do mundo. Era um olhar de acolhimento. De consciência da profissão escolhida. Da certeza de professar a crença em cada um de nós.

No dia do velório da minha mãe, pássaros coroavam a jornada da nossa casa até o cemitério. Alguns pacientes meus acompanhavam aquele despedir. Sou médica. Desmenti a todos que imaginavam que minha filha fosse ser um impedimento para o meu sonho desde sempre. Desde que minha avó, mãe de minha mãe, se foi, com atendimentos errados.

Um dia, uma colega, no hospital em que trabalhamos, respondeu de forma impensada a um reclamo de uma paciente. Ela disse, "Desculpa, você é uma entre tantas, eu sei que você está sentindo dor, mas tenha paciência." A paciente repetiu, ""Eu sou uma entre tantas." A médica tentou amenizar e piorou, ""Sim, é mais uma vida..."

Não sei qual seria o complemento, porque a paciente a interrompeu. "É a minha vida, doutora; é a única que eu tenho."

As vozes têm poder. Há vozes que dizem sentimentos lindos em mim. Que coroam os meus dias de ensinamentos para que eu possa ensinar aos meus cotidianos o dever do cuidar. De cada um. De cada vida.

Minha filha tem, hoje, doze anos. Ainda não tem redes sociais. Decidimos juntas. Eu trabalho muito e amo o que faço. Mas sou inteira no acontecimento mais lindo da minha vida, a maternidade. Às noites, eu conto histórias. Algumas de suas avós, de nossos sofrimentos do passado. Outras, lidas de páginas iluminadoras da literatura. Ela gosta. Foi em um desses dias que ela quis saber do pai. E eu disse o que achei correto dizer.

As vozes que compartilho com minha filha não são vozes de lamúrias por aquilo que não temos. Não são reclamos por aqueles que nos abandonaram. São vozes de realeza, homenageamos sua excelência: a vida. Minha professora Elizabeth, a rainha, nos ensinou, desde sempre, o bom do gostar de viver.

Se tenho algum companheiro hoje? Por que precisaria ter? Por que é tão comum as pessoas perguntarem isso a uma mulher?

Há vozes que não coroam a vida, que nascem dos ditos descuidados. O silêncio também é filho da realeza. E é pai de sons nascidos com cuidado.

Cuidar é o que eu gosto. Da minha filha, da minha vida, das vidas que cruzam o meu caminho e que concedem a responsabilidade do alívio das dores.

Gosto também das minhas cicatrizes. Há poucas no corpo, há muitas na alma. Todas elas se organizam para relembrar, a mim mesma, a mulher que sou.

# 54 Minha tia e seu último cantar

Ela queria apenas a minha mão. E a minha mãe.

Minha mãe se foi há alguns anos. Sua única irmã. Vieram juntas da Síria. Cruzaram o oceano e a vida sem nunca desligarem as mãos. Mas um dia minha mãe foi viver a eternidade e ela ficou.

Ficou sem ficar. Uma parte se foi. Fiz de tudo para o reaprender da alegria. Choramos juntos, muitas vezes, lembrando do tempo em que estávamos todos. A mesa cheia. De presenças e de promessas de permanências. O tempo é senhor de si. Não nos autoriza o parar. Ela queria apenas a minha mão e alguns dizeres. Disse o meu nome e disse como dizem os árabes, "o filho de Anisse".

E, então, eu cantei o pouco que sei de uma música árabe. Ela cantou junto. Abrindo e fechando os olhos. E repetindo a mesma música. E dizendo novamente, "o filho de Anisse". Concordei e disse que era o filho dela também.

Minha tia Leila não teve filhos. Eu era seu filho. Desde que me lembro, eu a chamo de Lelê. Por uma razão linda. Eu ficava me sentando em seu colo, enquanto ela lia para mim. Ela dizia que eu dizia assim, virando as páginas dos livros, ainda antes da compreensão das palavras, "lê e lê e lê e lê". O meu mundo foi preenchido por seus afetos. Foi alimentado pelo sorriso dela, da minha mãe, da minha avó, todas na cozinha cozendo o que fazia bem, o que faz bem.

Sentado ao seu lado, em seu último cantar, a infância inteira veio de volta. Eu fui dizendo do que fazíamos juntos. Da sua proteção. Do seu dizer orgulhoso que éramos, nós dois, poetas. Ela escreveu, um dia, uma linda carta a um bispo da sua igreja. E o bispo disse que a poesia dos seus escritos merecia um enquadramento. Nos quadros dos meus dias idos, há muitas permanências. Bendito seja o Inventor da memória.

Levei alguns alimentos para ela. Ela queria outro alimentar. Permaneceu deitada querendo a minha mão. Sorriu algumas vezes, enquanto eu dizia histórias engraçadas dos nossos dias passados. Abriu os olhos e me olhou tão bonito. A ternura daquele último encontro, três dias antes do seu partir, foi um presente para o aconchego da saudade que tem um compartimento pleno de despedidas em mim.

Falamos da minha infância e dos dias em que nos sentávamos para ver o mar. Falamos dos seus cuidados comigo. Eu fui dizendo nomes errados de primos, tios para que ela pudesse forçar o seu lembrar e gostar de me corrigir. Falamos do seu casamento com Antônio.

Falamos do meu pai. E, então, ela chorou. "Seu pai era tão bom, tão bom, tão bom". Chorei, também. Meu pai, meu bom José.

Escrevo ainda antes de ir à minha Cachoeira Paulista para beijar o seu rosto e acompanhar o seu descansar eterno ao lado de tantos que há tanto vivem em mim.

O que é o viver? Um sopro entre os nasceres. Nascemos para o aqui e nascemos para o Mistério. Como saber o que vem depois? Só sei que vem. É no que acredito. E credito a minha crença aos plantios de fé dos que já se foram e nunca se foram.

Vou ouvir o sino triste da igreja. A tristeza é também bonita. E é, também, ensinadora do viver aqui. E vou caminhar até o alto onde fica o cemitério. É para o alto que a vida deve viver. É para o Sopro do Amor que nos ensina o amar. O resto fica quando a terra encobre o corpo e descansa os cansaços.

Ela queria apenas a minha mão. E a minha mãe.

Como será o reencontro das duas irmãs?

Como será a enlaçar das mãos?

Como são as mãos da eternidade?

Não sei. Ninguém sabe. Daí os véus que segredam o mistério.

Não sei. Ninguém sabe. Só sei o que sinto.

E o que sinto é que o reencontro está sendo lindo.

Ela queria apenas a minha mão. E a minha mãe...

## 55 Os passos da consciência

Caminhava fora e pensava dentro.

Caminhava nos caminhos da areia, da areia da praia, da praia do mar. Caminhava e deixava ventar. Ventar em mim. Nos pensamentos que já poderiam desocupar.

Foi o que pensei, quando voltei do caminhar e vi os meus próprios passos na areia. Alguns ainda fortes, outros já aliviados pelas águas do mar. Alguns passos ficam, outros passos vão.

O sol é do amanhecer. As montanhas, ao longe, me lembram que há o longe. E o céu no alto que há o alto. O alto onde voam os que sabem voar. Mesmo com os passos. Os passos da consciência.

Não tenho o poder sobre os passos por onde passei. O mar é quem decide como e quando apagar. Posso deixar ventar. Em mim. E deixar o vento levar os passos em que não vale a pena pensar. O pensar é um aprendizado. Como o caminhar. Como o ver e o sentir o mar.

Nas quedas das caminhadas, há o tempo do levantar. Quem tem para onde ir levanta mais rápido. Quem tem o pensar pensando o sol ainda amanhecendo tem o pensar continuando a pensar o belo até o sol se despedir.

Caminhava nos caminhos da areia e via o belo. O belo sempre há. O belo é o que nos leva ao alto. É do alto que chove o belo. Chove chuva sem parar. Mesmo quando chuva não há. O alto é generoso como o mar. O mar não banha a si mesmo.

Enquanto caminho, vejo as árvores. As árvores não se alimentam dos próprios frutos. Os passos da consciência oferecem anoiteceres também belos. No desligar do dia, a consciência de poder dizer dos passos que dei e que foram generosos como o mar que não banha a si mesmo ou as árvores que não se alimentam dos próprios frutos ou as nuvens que chovem para os outros é um aliviar.

Os passos mais fortes do caminhar são sempre os passos da generosidade. São os que ficam. Nas vidas que se alimentaram das nossas vidas. Nas mãos que apertaram as nossas para o levantar. Há perigos no caminhar. Há o que fere. Há o que sangra. Há o que causa dor.

A dor é, também, um ensinador da consciência. As mãos que apertam as mãos para o levantar aliviam a dor. As mãos levantadas pelas generosidades compreendem o belo do junto com alguém estar.

Caminhava fora e pensava dentro. Fora, não havia ninguém. Dentro, um universo de vidas que já caminharam comigo. Dentro, o alto. A oração que me faz sentir Deus no vento, nas águas, nas árvores e seus frutos e nos frutos de tantos encontros que encontrei no caminhar.

Era apenas o amanhecer de mais um dia e meu dia sorria felicidades para mim. A felicidade é um verbo que precisa do caminhar. Nas areias ou nas nuvens onde moram alguns pensamentos. Pés nos chãos e olhos na eternidade. E o caminhar. E os passos da consciência conscientizando os dias que o melhor é amar.

# 56 A dança das mãos

Os tempos do pensamento são outros, são diferentes do tempo dos acontecimentos. O acontecimento fica no tempo. O pensamento traz o acontecimento a um outro tempo.

Os tempos do pensamento resolvem dores, decepções, quedas e suas feridas. Feridas são cicatrizadas nos tempos do pensamento. Os tempos do pensamento dissolvem a palavra culpa. Dissolvem, retirando a palavra culpa da prateleira das memórias das palavras. Em seu lugar, a palavra responsabilidade.

O tempo nos ensina a não buscarmos culpados pelos tropeçares, mas encontrarmos, nos outros ou em nós mesmos, os responsáveis para o levantar e o prosseguir. Os tempos do pensamento nos enfeitam de alegria a vida, quando compreendemos.

Os tempos do pensamento me levam à casa de Tadeu, um escultor da minha cidade. A esposa de Tadeu, Bernadete, era professora de piano. Minha professora de piano. Eu ia às aulas e, depois, gostava quando Bernadete tinha algum tempo antes do próximo aluno. E sentávamos no quintal, onde Tadeu esculpia.

Eram tão diferentes Bernadete e Tadeu. Ela falante, ele silencioso. Quando ele dizia, ela completava. E ele não se importava. Voltava às mãos, a dança das mãos, esculpindo. Ela era apressada e dizia não ter paciência para tanto detalhe. Ele ria. E, então, ela o defendia explicando que não era preciso atropelar o tempo. O tempo não é feito para atropelamentos. Nem na música.

As mãos de Bernadete dançavam pelo piano. Gostava ela de, ao final da aula, tocar alguma coisa. E eu achava aquelas mãos lindas, como achava lindas as mãos ajeitando o barro que ajeitava a imagem de alguém na escultura de Tadeu.

O tempo da música confere a ela a harmonia que encanta. Tadeu, no seu quintal, gostava de ouvir a mulher dedilhando as notas que embelezavam o seu dia. Mãos preciosas as de Bernadete. Mãos preciosas as de Tadeu.

Em uma tarde de inverno, depois da aula, sentei-me próximo a Tadeu e fiquei vivendo as suas mãos terminando uma escultura. Ao lado de onde estávamos, uma pequena fogueira. À noite, teria festa. A mãe de Bernadete, também com as mãos, cozinhava na cozinha. Um cheiro bom nos profetizava o bom dos doces que seriam servidos. Quando chegou um outro aluno, eu estava tão absorto acompanhando as mãos que terminavam a obra de arte, que Bernadete perguntou se eu queria ficar um pouco mais. Eu quis.

Tadeu dava os últimos retoques na imagem de São Francisco de Assis. Com que carinho ele esculpia. Com que carinho cozinhava a mãe de Bernadete. Com que carinho ela tocava ao piano. Ainda ouço aquele dedilhar – era Johann Sebastian Bach e o seu "Jesus, Alegria dos Homens". O cheiro brotado das mãos de Helena, a mãe de Bernadete, era o de cocada. Cocada de forno.

Eu disse ao Tadeu de como admirava o seu trabalho, ele agradeceu e falou do bonito do som da sua mulher. Eu concordei. As mãos humanas, quando dançam, produzem belezas nos mais diversos fazeres. As mãos que desconhecem a dança, agridem, espantam e até matam.

Há pensamentos que não pensam o esculpir. Inclusive de nós mesmos. Barros que somos. Barros em modelagem. Barros nascidos para a transformação. O fogo da vida, mesmo nos invernos, nos lapida. A dor é um acender da consciência, é um relembrar de quem somos.

Tadeu viu o meu olhar de admiração à sua escultura e ofereceu fazer uma para mim. Recusei por educação. Assim aprendi dos meus pais. Ele insistiu. Bernadete, que ouvia tudo, mesmo dando aula, disse que eu aceitasse, que daria muito prazer ao seu marido. Ainda antes de ir embora, Helena nos trouxe um aperitivo do que comeríamos à noite. Como eram boas, no interior, as festas do encontrar.

Cheguei em casa dizendo tudo. Da dança das mãos. E minha mãe beijou um beijo doce espantador de qualquer frio. À noite, fomos todos à casa da professora de piano e do escultor de vidas que marcaram vidas. Minha mãe também gostava da prosa. Quando ela e Bernadete falavam, até as pausas se despediam.

Os tempos dos pensamentos... com o tempo, aprendemos o que pensar. E percebemos que o pensar nos esculpe para sermos obras-primas no mundo que ganhamos de presente.

Todos eles já se foram, mas o São Francisco de Assis, que ganhei de Tadeu, ainda inspira em um canto bonito de onde hoje moro. Inspira a lembrar do santo que conhecemos e de tantos santos anônimos que usam as mãos para esculpir o bonito da vida.

# 57

# Pai

Pai, faz tanto tempo...

Faz tanto tempo do tempo em que eu tinha o seu colo. Faz tanto tempo do tempo em que suas mãos seguravam as minhas mãos e me ensinavam o enlaçar.

Os laços são mais bonitos do que os nós. São mais suaves. São mais ensinadores da liberdade. A liberdade das suas compreensões, pai. E, do meu jeito. Sendo amado, do jeito que sou.

O seu amor era dito em palavras calmas. O seu amor era dito em silêncios de atenção. O seu amor era amado sem exigências.

Eu, pequeno, te via grande. Eu, grande, te via maior ainda.

Sua vida foi semeadura dura e foi colheita. Os sons das suas palavras nunca silenciaram em mim, mesmo depois de tanto tempo. Sons de bondade. Sons de acolhimento das dores do outro. Sons de suavizar.

O dia em que você foi viver a eternidade parecia um dia de inaugurar um luto sem fim. Na luta da vida, o luto se foi. Não luto mais com a dor da sua ausência.

Não há dor. Há saudade. Saudade do som bonito que dizia: "Filho." Saudade do som que acrescentava vida à minha vida: "Filho, eu te amo." Saudade do dizer do meu amor, que eu aprendi, que eu não economizei.

Digo, então, escrevendo. Na escritura do dia de hoje, Dia dos Pais. Na escritura de todos os dias. Enquanto escrevo, ouço os sons das palavras que nunca silenciaram. Ouço as suas orações de agradecimento. Ouço as suas orações ensinando quc, como os sons das músicas sobem aos céus, subimos, também nós, em pensamentos, em sentimentos, em doação.

Uma vida é uma doação. Aos amores que vivem conosco. Às causas que abraçamos. Aos sonhos coletivos que realizamos. Pai, o pão que comíamos era sagrado. Compartilhamos.

Faz tanto tempo, pai...

Faz tanto tempo em que, no tempo da infância e no tempo das outras idades, eu te abraçava forte e te desejava eterno.

As músicas que sobem aos céus nos segredam eternidade. O que fica é o que não somos. Somos mais. Permanecemos. Onde? Não sabemos. Transcendemos.

Como será o nosso encontro, pai?

Os mistérios se aliviam nos sorrisos. Os sorrisos que sorrio agora são os meus dizeres de saudade e de fé.

Pai, eu te amo.

## 58 Um sorriso de luz

Eu havia chegado à academia um pouco ferido. Nos afetos. Os seres humanos são portadores de diferentes vozes. Algumas nos dizem amor, outras nos dizem dor. Nem toda dor é necessária. Eu estava doído.

Sou cultivador da alegria e não me filio ao grupo dos que espalham lamúrias por onde andam. Mas estava triste. A dor vinha da decepção do fazer de um amigo. Fazeres falam. Quanto mais amigo, mais dói.

Não sou das crenças de que os amigos têm que suprir o que esperamos deles. Mas algum esperar se faz necessário, que sejam eles bons. Não acredito na existência da amizade na ausência da bondade. Máscaras escondem rostos, rostos escondidos escondem intenções. A falsidade parece uma erva daninha que interrompe a beleza dos jardins da convivência.

As interrogações ocupavam a alma, enquanto eu fazia alguns exercícios para o corpo. Treinar faz bem.

Então, o sorriso chegou. Lúcio, o seu nome. Sem grandes apresentações disse que gostava muito de mim e que eu era bom. Disse com a destreza de quem não ensaia nem esconde o que quer dizer. Enquanto sorria e dizia, acariciava com carinho meu rosto. Seu pai veio logo em seguida. Treina com o filho na academia.

Lúcio tem síndrome de Down, como meu irmão amado Júnior, que já vive em Deus. O pai disse ao filho que não me incomodasse. Eu disse que não havia incômodo algum. O filho, que já havia abraçado com o sorriso, abraçou com os braços. E foi adiante, "Quando eu gosto, eu gosto." E olhando para o pai: "E ele também gosta de mim, papai, eu sinto que ele gosta." Concordei com a cabeça e partiu de mim o novo abraço.

Prosseguimos o treino. Ele com o pai, e eu com o sabor daquele encontro. Sem máscaras. Sem outras intenções a não ser a do amar. O dia clareou em mim. A mente se pôs a treinar, também. Espantando a preguiça da decepção recente e abrindo a caixa de memórias que tanto poder tem e trazendo meu irmão de volta.

O Júnior era um cantador da bondade. Brincava o dia inteiro e sorria as despreocupações. Nem os dias quentes nem as friezas da humanidade roubavam do Júnior a interminável primavera.

Naqueles tempos, a inclusão era ainda mais difícil. Algumas escolas se recusavam a compreender a beleza dos convívios nas diferenças. Uma vez, uma diretora perguntou para minha mãe, de que entendia o Júnior. A resposta que eu deveria ter dado, ainda tão criança, era a de nunca aborrecer ninguém. De não ferir. De não causar dor. Júnior apenas cantava. E dançava no centro da nossa vida.

A lembrança do meu irmão trouxe a alegria de volta. Perto, eu via Lúcio e o pai. Como era lindo ver o cuidado do pai com o filho. A cada pausa de exercício, o abraço. Sorriam juntos.

Minha mãe contava que, quando o meu irmão nasceu, ela sofreu muito. Dizia isso com sinceridade. Sofria por ela e por ele. Sofria imaginando que, um dia, quando ela partisse, seria difícil alguém cuidar dele. Com o tempo, o sofrimento virou convívio bonito, aprendizagem.

Foi ele quem partiu primeiro. Partiu partindo de saudade todos nós. O cantar sem ensaios nem enfeites havia silenciado. Em mim, o filho caçula, naquela procissão de adeus, era como se toda a cidade se vestisse de luto. Era o segundo irmão que eu perdia. O primeiro havia sido em acidente de carro. Minha mãe e meu pai enterravam, assim, o segundo filho. Naquele entardecer, a nossa dor não cabia em nenhum lugar do mundo.

O tempo com meu irmão foi ensinador de abraçar com amor todas as pessoas, de compreender que as deficiências não são limitadoras dos afetos. Que o que nos afeta em desumanidade é fechar os abraços ao outro ou dizer o desamor.

Saímos juntos da academia. Lúcio, o pai e eu. Lúcio perguntou se eu queria tomar um sorvete com eles. Eu disse que sim. O pai disse ao filho que eu era escritor e o filho quis um livro meu. Eu prometi levar. Já está comigo. Amanhã mesmo, entregarei a ele.

Fiz a seguinte dedicatória,

““Lúcio, seu nome significa luz. Você, sem saber que eu estava triste, iluminou o meu dia. Imagino quantos dias já foram iluminados por você. Receba todo o meu carinho.”

Agradeço compreender as diferentes vozes. E peço a Deus a sabedoria de limpar de mim as vozes que nada dizem, a não ser ferir, e a cultivar as vozes que, despretensiosas, relembram a alegria do viver.

## 59

# Oração do caminhante

Senhor Deus, sou caminhante.

Sou caminhante que caminha os caminhos que precisam ser caminhados. Não sei o fim. Mas sei o fim.

Não tenho pressa de chegar. Tenho pressa de compreender que não posso desperdiçar o caminhar. No caminhar, as aprendizagens. No caminhar, os amanheceres.

Amanheço, todos os dias, orando para que nunca me esqueça de quem eu sou. A oração da memória.

Em mim, há a memória do caminhante. No caminho, há caminhos que não me cabem. Há atalhos que desobrigam o caminhar correto, não posso, não devo. Há paragens enganadoras.

No caminho, há o encontro de outros caminhantes e há os risos de felicidade e os silêncios de atenção. A oração do respeito.

Não sou caminhante solitário, embora solitário também seja. Sou ocupante de um tempo e de muitos espaços no caminhar. Desde os inícios, os aconchegos ofereceram lições a mim.

Não nasci pronto. Nasci pronto para aprender a caminhar. Para aprender a caminhar, precisei de outros caminhantes. Preciso de outros caminhantes.

Não nasci vazio. Nasci vazio de descaminhos. Não devo autorizar que me sequestrem o que de melhor tenho, o ser caminhante.

Vejo os que pararam o caminhar e se enfileiraram com as pedras nas mãos para o causar dor. As dores que autorizo são as dos meus pés cansados ou das minhas mãos estendedoras de afetos aos que, atingidos, caíram. A dor do outro dói em mim. O outro sou eu, também. E eu também sou o outro. Embora eu seja eu e o outro seja o outro.

Na poeira do caminho, a luz dos amanheceres. Na poeira do caminho, o luar e os cansaços e as pausas e os recomeços.

Senhor Deus, sou caminhante crente no humano caminhar. Por isso, educo. A mim e ao mundo no fim do caminhar. O fim, já disse, não sei. Não sei quando acaba. Não sei como acaba.

O fim, já disse, sei. A finalidade do caminhar. Caminhar. Caminhante que sou, sei que as paisagens me dizem, se eu ouço; que me mostram, se eu vejo; que me alimentam, se eu sinto. Por isso, a oração do amor.

É o amor o motor que move os caminhantes. Sou caminhante, já disse. É o amor que me traz a memória de quem eu sou. É o amor que pronuncia em mim as palavras que devem ser pronunciadas na oração do respeito. Porque o outro sou eu, também. E porque eu também sou o outro. Embora eu seja eu e o outro seja o outro.

Senhor Deus, sou caminhante.

E, nos caminhos do amor, digo poemas. Poeiras de poemas são mais inspiradores do que poeiras de vozes que gritam. Os que gritam estão parados, esqueceram o caminho. Digo poemas, mesmo no silêncio. No silêncio, quando oro a oração da memória, a oração do respeito, a oração do amor.

Não sei o fim. Mas sei o fim. O que não sei é o que será depois do fim. O que sei é que o fim do caminhar é o caminhar amando. É essa a memória que não posso esquecer. A memória que me diz que, sem amor, nenhum caminhar é certo. Nem belo. Nem justo. Nem bom. Bom é respeitar e ser respeitado.

Sou caminhante como todos os outros.

Sou caminhante único, diferente de todos os outros.

Sem pausas, prossigo amando irmãos meus, amando o caminhar. Sem pressa de chegar.

# 60 Por que tanta pressa?

Meu filho chegou com dizeres que silenciaram qualquer outro fazer do meu dia. Não eram dizeres de tristeza, apenas. Eram dizeres de desistências. Mesmo que provisórias, quero crer.

Em sua escola, um aluno desistiu da vida. Meu filho, quando contou, contou que poderia ter feito alguma coisa. Eu deixei espaço para que ele prosseguisse. Chorou comigo o meu filho o choro dos que compreendem as dores que doem nos outros, dores a que os outros não conseguem dar nome, dar o tempo de permanência.

O menino que não mais conseguiu conviver com a dor já não mais estava.

Estávamos apenas nós dois. Felipe é o meu único filho.

““Pai, quando eu fiquei sabendo, eu fiquei querendo saber: por que ninguém fez nada? Porque ninguém faz nada! Nem eu.”

“Filho, você tem quinze anos, você faz o suficiente”, foi o que eu disse.

Nem sei por que disse 'o suficiente'. O que é o suficiente?

"Não, pai, ele sofria bullying. Tinha doze anos, eu não o conhecia direito, mas ouvi umas histórias..."

"Que histórias, filho?"

"Deixa pra lá, pai, tanta história triste, né? O ser humano não deu certo, não deu certo, pai."

"O ser humano é dual, filho. É lindo e é feio."

Eu dizia da feiura moral, da desistência do outro, da inação diante da eminência da ação que dói.

Enquanto meu filho se deitava no meu colo, eu silenciava e pensava no pai do menino que se foi. Do colo vazio daquele pai. Da dor indizível daquela mãe.

O menino que se foi não foi o único e não será o único a não suportar as insuportáveis pressões dos nossos dias. Eu não sou perfeito, mas sou consciente da minha imperfeição. Entendo que preciso de ajuda para entender.

Meu filho é filho de um tempo em que o brincar foi substituído pelas telas. Resisti. Mesmo adolescente, conto histórias para ele. E ele gosta. Autorizo que ele pergunte a mim o que quer.

Um dia, preocupado com a faculdade que vai cursar, com medo de não passar em medicina, seu sonho, com medo de não ser um bom médico, eu o acalmei.

"Por que tanta pressa, filho? Deixe as preocupações do amanhã para amanhã."

Eu tive um pai também contador de histórias. Que me ensinou o prazer das vagarezas. Que me fez compreender as mudanças de vontade. E que me ensinou que o mais importante é nunca deixar de ter vontade.

Vontade não é desejo. Desejo é coisa que vem e vai muito rapidamente. Vontade é força que não nos deixa desistir. Vontade é sonho que nos faz desacreditar das descrenças quando elas vêm.

Fico feliz com a tristeza do meu filho pelo filho de alguém que se foi. Ficaria triste se ele não se importasse. Se há algo que de bonito planto todos os dias, é o cultivo dos sentimentos. Planto para colher. Não projeto um filho colecionador de troféus. Vitórias e derrotas são. Projeto, apenas, um filho que não tenha pressa e que não tenha pausas na crença da vontade.

Sou médico desde que meu avô se foi em um mau atendimento. Ali, menino, eu quis tirar as dores do mundo inteiro e não desatender ninguém. Nem sempre consigo. Consigo ao menos pensar. E arrumar o que erro. E pensar novamente. E sentir. Sentir cada dor que consigo ou não consigo aliviar.

Minha mulher, Amanda, é médica, também. Ela cuida das crianças que estão chegando, é obstetra. Eu cuido dos que estão se despedindo, sou geriatra. Trabalhamos muito e conversamos mais ainda. E gostamos de nos gostar.

Meu filho descansa, enquanto passeio as mãos nos seus cabelos. Tenho pressa nenhuma que ele se levante. Como é bom ser colo que acolhe. Os velhos me ensinam muito no consultório. Aprendi a gastar mais tempo nas consultas. Gosto que todos gostem de estar ali e de se sentir os únicos no mundo quando estão comigo. Aprendi que a atenção é substantivo que significa amor.

Amor também é substantivo. Substantivo abstrato. Concreto é o que tenho em meu colo, meu filho; em minha mente, os ensinamentos do meu pai; em meu coração, a vontade de melhorar o mundo em que vivo, em que vivemos.

A única tela deste instante é o sol entrando pela janela e iluminando meu filho e eu. Não sou dono dos amanhãs. Mas sei ver o hoje. E sei agradecer.

# 61 Grávidos de esperança

Eu era criança e gostava de ouvir as histórias que minha avó contava. Minha mãe dizia que nem todas eram verdadeiras. Para mim, eram. Para mim, são.

Acontecidas ou não, elas eram como arco-íris enfeitando os céus da minha alma. Dizia minha avó de uma mulher de nome Esperança. Uma parteira. Ela morava em uma casa azul que ficava muito próxima ao rio que cortava a cidade. Quando minha avó dizia, parecia haver uma nostalgia em seu olhar distante. Que sentimento lindo é a saudade!

Esperança não teve filhos, deu filhos à cidade, muitos. Era uma mulher de beleza única, dizia minha avó. E de dizeres econômicos. Seu silêncio se misturava às pausas que o dia dava depois do pôr do sol. Ou à noite.

Esperança entendia de amanheceres. Entendia da luminosidade própria de todo ser humano. Dar à luz, trazer luz ao mundo, acalmar as dores antes do parto, parir.

Grávidas de amanhãs. Amanhãs a serem construídos entre choros e risos. Entre o limpar e os afagos. A fotografia da mãe com a criança ainda sem estantes de palavras ou de compreensões. Não que as crianças nasçam sem nada. Nascem fontes dos percursos que alimentarão de amor o mundo.

Esperança dizia dos cuidados nos inícios. Do necessário ensinar respeitando os tempos. O parir vai além do corpo físico, tão indefeso. É de alma que espera a humanidade. Que compreende o que não é apenas matéria. O que vai além.

Na casa azul de Esperança, um pequeno lago e algumas pedras. Pequenas, também. E algumas cadeiras simples ao redor do lago e uma mangueira protegedora de dias mais quentes. Era ali que ela podia ser vista em seus sonhos diurnos.

A casa azul era para receber as vidas que ainda viriam. As mães grávidas se sentavam e conversavam com Esperança. E ela ensinava o amor antes do nascer. Os carinhos necessários. A felicidade de trazer novidade ao mundo. Dos dizeres de Esperança, a oração bonita sobre a vida que nasce, quando nasce uma criança. Sobre Deus soprando novamente felicidade no mundo.

Escrevia alguns poemas aquela mulher. Poemas simples. Poemas de confiança de novos nascimentos. Fazia bolos, também. O fermento crescia a massa que alimentava, enfeitada de coberturas doces, os famintos. Somos todos famintos. Há fomes que não se saciam com os doces nem com os salgados. Há fomes mais profundas. Que nascem com as crianças e que, nos percursos, explicam a vida.

O pôr do sol, o arco-íris, o rio limpo da minha cidade, a montanha tão serena, o som dos pássaros e uma gata que gostava do colo da minha avó são, também, alimentos.

Nas cadeiras, diante do pequeno lago, Esperança queria saber o nome escolhido para a vida em espera de nascer. O nome é escolhido por alguém; o que vem depois escolhe esse alguém. Escolher a esperança é escolha acertada. É agradecer os dias passados e abrir as portas para o futuro poder ser.

Havia flores no jardim da Esperança. E havia o olhar bondoso daquela mulher, parteira de vidas, dizendo às flores a sua beleza.

Na cidade da minha infância, sempre havia um galo cantando o amanhã, ainda antes do sino da igreja, nos relembrando o sagrado. Minha avó dizia que o alimento da vida interior estava na oração. Era bonito ver o seu semblante de paz, quando ela conversava com Deus. Quando penso em minha avó e penso naqueles dias, penso no bom que é estar em casa.

O mundo é uma grande casa. Quando esta casa está grande demais, é preciso olhar para dentro. Dentro, onde moram as histórias que nos trouxeram até aqui. Minha avó dizia que o bonito da Esperança era que ela não esperava nada para si mesma. O nome diz a semântica. Em tempos de tanto egoísmo, ajudar vidas a nascerem é a profissão mais bonita que há, em qualquer profissão.

O lago daquela velha amiga da minha avó não era um lago para ela contemplar a própria imagem. Era um lago para acalmar as vidas que haveriam de nascer. Cada uma do seu jeito. Em comum, o choro e o futuro. Cada uma com a sua escolha de futuro. Em comum, o alimento mais alimentador de qualquer amanhã, o amor.

O amor que nos faz ver as rosas, os amanheceres e os entardeceres e os ontens acarinhados pelas histórias que nos contaram e os amanhãs que ainda podemos fazer nascer. Grávidos estamos todos nós. De esperança, espero eu.

# 62 Algum olhar sobre algum olhar

Era uma sala de concerto. Era um maestro e uma orquestra e um músico solando uma música com seu instrumento.

As mãos de um maestro sempre são instigantes. O movimento que diz o movimento. Que diz o compasso, a velocidade e até a suavidade.

Era um dia suave aquele da sala de concerto. E, então, entrou o solista. E, com ele, os aplausos. E, com ele, o medo. Medos fazem parte dos que se apresentam em orquestras. Dos que se apresentam à vida. Medos podem ser sentimentos protetores. Ou podem ser paralisantes.

O solista e o seu instrumento eram aguardados. Somos aguardados no desempenhar a vida. O maestro recebeu o solista. E, então, fez com as mãos – e com o corpo – os movimentos para movimentar a orquestra. Foi quando o medo do solista o deixou titubeante. Visivelmente titubeante. Foi quando o olhar do maestro olhou com tanta cumplicidade para o músico. Que poder tem um olhar!

Era como uma pintura aquele olhar. O experiente maestro e o jovem músico. O seguro maestro, depois de tantas inseguranças da vida, segurou com o olhar o seu pupilo.

O olhar medroso do músico foi se transmutando. Uma das mãos do maestro segurava a batuta. A outra em posição de dizer à orquestra. As duas mãos, entretanto, pareciam segurar, no colo dos afetos, o solista. As duas mãos significavam o maestro inteiro. O maestro inteiro estava no olhar. Os olhares. E, então, a impecável exibição do solista.

Aquele olhar olhou em mim outros olhares. Quantos medos nos solos que precisei solar em minha vida. Em dias de sol e em outros dias também. Quantas ausências de olhares. Sozinho, já me perdi. Sozinho, já desacreditei de mim.

Maestros são mestres que conduzem os sons para o conserto das emoções. Um jovem desconsertado e um maestro ciente do seu ofício e afetuoso e os aplausos.

Conserto a mim mesmo todos os dias. É o que acredito creditando aos maestros que regeram partes da partitura da minha vida a confiança. Ser humano nenhum sola o existir sem a confiança de outro ser humano.

Uma orquestra precisa de duas afinações da alma. Uma é o vínculo entre os músicos. E a outra é a música, inspiração para o aprender, para o prosseguir. Vínculos e tema. O vínculo nos afina a existência, nos faz fazer parte. Nos coloca no palco ao lado dos outros. Nos faz consertar os sons para o concerto da vida. O tema é o tema para viver. Nenhum músico vive sem tema. Nenhum vivente vive sem tema.

Não poucas vezes relembrei a mim mesmo o tema do viver. Educar é o que me move, é o que me comove. Escrevo para educar. Falo para educar. Silencio para educar. Educo porque acredito nos solistas. Inclusive, nos que têm medo. Todos temos. É preciso apenas um olhar para a confiança dizer que a música está ali, pedindo para nascer, que a vida e as suas tantas possibilidades estão ali, pedindo para nascer.

Nascemos muitas vezes depois do nascimento. Vez em quando, morremos. Algumas mortes são necessárias para as necessárias vidas nascerem.

Naquele dia na sala de concerto, o solista só solou lindamente porque um maestro, atento, percebeu os seus medos.

Desatenções são impedidoras de bons concertos nas salas em que vivemos. Vivemos uns para os outros. Para orquestrar com a natureza os sons que emanam dos humanos. Os sons que emanam dos humanos, quando atentos, são sons que harmonizam a vida como a vida em natureza.

No dia em que saí da sala de concerto, ainda tive tempo de passear por um parque com uma amiga e de contemplar o lindo do estar vivo ouvindo sons consertantes.

Fiquei pensando no Maestro Primeiro olhando, por primeiro, um pássaro cantador. Pensamentos também consertam para o concerto da vida. Vendo o meu olhar, que olhava fora, que olhava dentro, minha amiga sorriu.

## 63 A morte de Alma

Clemente era o seu nome e clemência era o que ela pedia naqueles dias em que os dias pareciam menos apressados. Clemente olhou nos meus olhos e chorou o mundo inteiro pela morte de Alma. E quis saber o que vem depois.

Eu era estudante de filosofia e só sei que chorei também. E abracei Clemente. As palavras demoraram a ganhar dizer. Antes do dizer, foi preciso sofrer junto.

Clemente era um morador das ruas da cidade onde nasci. E Alma, uma cachorra que se fazia linda nos olhos de Clemente. Eram inseparáveis. Era bonito de ver os dois dormindo juntos. Os dois comendo juntos. Os dois trocando olhares.

Meu pai era um homem cioso de que a bondade deveria ser feita, principalmente, aos mais próximos. Se cada um cuidar do seu quintal, o mundo de todo mundo fica mais florido, era no que ele acreditava, era o que ele praticava. Até casa para Clemente ele providenciou. Mas Clemente ia e voltava. E lá estava ele, novamente, nas calçadas.

Se a mente de Clemente se dispersava em ora compreender, ora não compreender, uma coisa não faltava, o amor por Alma. Lembro-me de conseguir veterinário para ela, mais de uma vez. De ver Clemente deitado em frente à clínica esperando por Alma. E, agora, Alma morreu. E Clemente quer saber para onde vai quem morre. Para onde vai a Alma? A pergunta sai simples, como simples é a confiança dos que confiam. Ele confiava a mim aquela resposta. A mim, estudante de filosofia. A mim, filho de um homem bom.

Os dias sem Alma não seriam os mesmos. E a alma de Clemente?

E a minha alma? E a alma de toda gente? Ninguém vê a alma. Ela vai além do físico. Ela não se vê pelos olhos, não se escuta pelos ouvidos, não se toca pelas mãos, não se prova pela boca, não se sente pelo respirar. Ou se sente, talvez. Ou, talvez, se veja, se escute, se prove, quando a prova que vale são as mãos que abraçam o abraço necessário quando o choro vem. A alma prossegue. Sentir a alma ajuda o prosseguir e o acreditar. Desacredito dos que desacreditam. Desacreditam porque não veem a alma.

Eu via a Alma de Clemente e a sua alegria apenas por ela existir. Saber da existência da alma muda a existência das gentes. Amplia. Preenche de florescimentos uma vida. Entre choros, disse Clemente, "Se Deus existe, a Alma não morreu". Concordei com ele, "Se Deus existe, a alma não morre, as almas não morrem."

Fui com ele enterrar Alma em um campo vasto, perto do cemitério, no alto da cidade. Aquele homem envelhecido antes do tempo, com a Alma nos braços pronta para voltar para a terra – pronta para ser terra onde brotarão rosas. Clemente plantou uma roseira.

A lembrança de Clemente é uma das tantas que aquecem minha alma. E, tanto tempo depois, a minha crença prossegue. Almas não morrem. Nem a de Clemente nem a de ninguém. Almas desabrocham vida no que vai além do físico. O sentimento vai além do físico. O sentimento é filho da alma. Da que conhecemos tão pouco. Porque nos satisfazemos com o pouco que o físico nos oferece.

Clemente também já vive no mistério. Sem as dores e as misérias do físico. Sem as dores que causam os que de alma pouco sabem.

Enquanto escrevo, Serena, da mesma espécie irracional de Alma, olha para mim. Um olhar de bondade. A bondade é a prova mais bonita da existência da alma, da existência de Deus.

# 64 Cemitério de ideias

Sonhei um sonho ou um pesadelo, talvez. Sonhei um cemitério, um cemitério de ideias. Sonhei vozes vociferando inverdades. Arroubos de violência dizendo nada. Andares sem motivo. Sem lugar dizedor do para onde ir. Olhares fixos em visão nenhuma, a não ser a do cemitério.

No pesadelo, os outros eram os outros e nada significavam. As vozes que se ouviam abafavam outras vozes. Era a vitória do grito. No pesadelo, o cuidado da cidade estava a cargo do enterrador de ideias.

Era um coveiro. Não o que exerce o ofício nobre de devolver à terra o corpo que na terra viveu. O corpo sagrado carregador de uma história carregada de amores e cicatrizes. O coveiro do pesadelo desqualificava qualquer ideia que pudesse cuidar da cidade. Sua decisão era enterrar as ideias.

Acordei do sonho. Acordei com um certo alívio. Pesadelos têm alguma razão de ser? O que eu vi durante o dia dormitou em mim e fez imagens durante a noite?

Eu vi guerras matando gentes. E vi gentes criando guerras. Eu vi agressões desmentindo a inteligência. E vi aplausos à ausência da inteligência. Eu vi a orla dos insensatos ocupando espaços e dizendo caminhos. Eu vi caminheiros caminhando sem saber.

Eu vi telas roubando olhares que olhavam humanos. Eu vi silêncios desnecessários aos dizeres do outro. Eu vi braços cruzados anunciando egoísmos. Eu vi a mim mesmo com algum desânimo. Porque também sou pedra, além de alma. Porque também desisto tantas vezes. Porque também sou inverno.

Mas é na primavera que escrevo o que foi o pesadelo. É na primavera que acordo aliviado por ter acordado. É na primavera que abro as janelas e que vejo a humanidade ainda humana. Ainda há mulheres e homens cuidando. Ainda há semeadores semeando e flores desafiando a aridez dos tempos. Ainda há ações bonitas de generosidade e beijos de amor.

Um beijo de amor tem tanto significado. Um beijo de amor é o encontro de almas que desligam o medo e a acomodação. Um beijo de amor é um convite ao cômodo sagrado onde moram o sentir e o sonhar.

A noite do pesadelo já se foi. Há outras noites esperando para nascer. E outros dias, também. E o sonho a ser sonhado de primavera. Não sou dos que negam os pesadelos. Já disse sobre eles. Tampouco sou dos que desacreditam do acordar.

Acordemos o acorde da paz. O acorde bonito que diz a canção dos acordos. A canção e o silêncio. O silêncio do pensar antes do dizer. O dizer cuidadoso e verdadeiro. Que o acordo defina que os cemitérios sejam apenas lugares bonitos de pensarmos no mistério. E que o mistério da vida prossiga autorizando os nascimentos, inclusive os nascimentos das ideias. Principalmente, as ideias de amor.

Nas ideias de amor, moram os sonhos mais bonitos. Aqueles que podemos sonhar acordados. Acordemos!

# 65 Amanheceu Joana

Passos lentos, ela vem da igreja. É dia de Santa Teresinha. Nas mãos, algumas rosas. As que consegue carregar. Nos encontros, as entregas. E as palavras.

As palavras explicam o valor da delicadeza. Quando entra no prédio em que mora há anos, ouço as conversas que dizem da gentileza de Dona Joana. As quenturas da vida não a esquentam. As friezas dos homens não a congelam. Um dos que trabalham, há mais tempo, diz ter conhecido o seu marido. Diz do falecimento. Do antes, quando passeavam de mãos dadas. Também ele gentil. Tinha o nome do Santo que também se celebra nessa semana, Francisco. Certamente, Joana irá à igreja, cantará canções e nos presenteará com seu sorriso.

Converso com Manoel que trabalha no prédio. Ele, a rosa na mão, oferece. Eu agradeço. Ele disse que eu poderia aceitar e que deveria entregar para alguém. Que foi isso que Dona Joana ensinou. Era como se espalhássemos a delicadeza. Eu ouço. Ele prossegue.

– Dona Joana disse que Santa Teresinha morreu cedo e que pediu a Deus que uma chuva de pétalas de rosas caísse dos céus para acalmar a humanidade.

Eu aceito a rosa. Pego em minhas mãos e fico olhando e pensando. Ele prossegue.

– Como eu gosto dessa senhora.

Eu brinco.

– Da Santa ou da Joana?

Ele não se avexa.

– As duas são santas.

Eu gosto da assertividade. As ruas também são altares em que se deve inspirar o amor. José, que trabalha há mais tempo, pergunta se conheci o marido de Dona Joana, o Seu Francisco. Eu digo que não. Que conheço o santo.

José fala. Eu ouço. Ouço e penso no Santo. E penso no quanto os valores da delicadeza, da bondade estão empoeirados nas prateleiras do desuso. Pergunto quanto tempo faz que morreu o marido de Joana. José diz que há mais de vinte anos. E prossegue:

– Eu me lembro dele, não tem como esquecer.

Francisco de Assis morreu há quase oitocentos anos e não nos esquecemos dele. Os que trabalham no prédio prosseguem a conversa e dizem dos que nada dizem quando entram e saem.

– Nem um bom dia. Nem um muito obrigado.

Eu prossigo com eles, com a rosa na mão. Então, entra uma outra senhora. Que me diz 'bom dia' e a quem eu entrego a rosa, dizendo que foi presente do Manoel que ganhou de presente da Joana e que veio de Santa Teresinha. Ela pega a rosa, oferece um sorriso, agradece e entra. José diz que ela só falou com eles, porque eu estava lá. Eu digo que não percamos a esperança. Que algumas pessoas são tímidas. Manoel discorda:

– Tímidas quando é com os pobres, com os empregados?

Eu aceno com a cabeça mostrado concordância. Ele prossegue:

– Tem um que não sai da igreja e que, quando tem empregado no elevador, ele manda sair. Pode isso?

Antes de eu dizer que não pode - nem pela lei, nem pela civilidade, nem pela religião - José participa:

– Imagina se Seu Francisco faria isso, nunca. Nem dona Joana. Eles entendem de Deus.

Achei forte a expressão "eles entendem de Deus". Joana completou, há pouco, 98 anos. O seu nome vem do hebraico e significa "Deus é gracioso". Já fui algumas vezes visitar minha vizinha. E, de fato, ela é agraciada por Deus. As fotografias dos tempos da sua vida mostram que a felicidade nunca se incomodou com as mudanças das estações. Não há ninguém que viva só de primaveras. O sofrimento é uma presença que não temos o poder de desconvidar. Mas, se compreendermos, pode ser uma presença ensinadora.

Uma das alegrias da quase centenária mulher é que seus filhos são bons. O maior sucesso da vida de alguém é ser bom. É isso que ela acredita, creditando aos pais esse ensinamento.

Um dia, entre os goles do café com leite e as mordidas de um pão que Joana gosta de molhar antes de levar à boca, ela falou da coragem dos seus pais. Imigrantes. Fugidos da guerra:

– Guerra, meu Deus! A guerra é sempre um fracasso da humanidade inteira.

Joana prosseguiu dizendo da dor da mãe, quando dizia que ela sobreviveu, mas que as irmãs morreram:

– São todos irmãos nossos, não é?!

Ao fundo, o som bonito das bachianas de Villa Lobos. O meu silêncio de aprendiz escutava e olhava o sol se pondo e dizendo o fim do dia. Não. Não era momento de pensar em despedidas. Afinal, "Deus é gracioso", estar com Joana é muito mais convidativo a imaginar um dia amanhecendo...

# 66 No Campo da Esperança

Era primavera na estação do ano e era primavera no Campo da Esperança.

Campo da Esperança é o nome do Cemitério. No Cemitério, a despedida. Juliana, tão menina, tão mulher, tão cedo já não dizia nada. Seus filhos, crianças, despediram-se antes da mãe. Sua mãe incompreendia a despedida. Mãe nenhuma deveria viver a dor mais doída do mundo. No cordão umbilical, desde os inícios, a promessa de que antes vai quem antes veio.

O marido de Juliana dizia com Caetano: ""Ela é tão bonita que na certa eles a ressuscitarão..." O marido de Juliana se sabe pai e se sabe continuador do que, um dia, sonharam juntos, quando juntos se olharam e juraram eternidade. A eternidade veio antes para Juliana.

Eu abracei todas aquelas dores, naquela primavera, naquele cemitério. Era inverno. É assim que a morte parece ser, inverno. Não há fé que vente para longe a vontade de ter perto quem amamos. A fé não impede que as folhas caiam das árvores e que as árvores pareçam sem vida.

Juliana, sem palavras, deitada, parecia sem vida. A vida de Juliana era dita nos dizeres dos que disseram ditos, quando ela também dizia. Diziam dos seus sorrisos. Da filha amorosa. Da mãe sonhadora de futuros. Da mulher tecedora de bondades. A máquina humana tem um tempo do funcionar. As árvores parecem sem vida nos invernos, dizia eu em oração. Parecem. Miraculosamente, surge a primavera. E a nova roupagem desmente os olhos. E até os incrédulos veem. Juliana nunca esteve sem vida.

A morte é a primavera da alma. O corpo volta à terra. É o simbólico. É o "húmus". Somos todos terra. Somos todos humanos. Somos todos viventes das estações que inventamos para aliviar o que somos.

Somos as quenturas de cada verão e somos as transformações dos outonos. Somos o frio que dói a alma dos invernos e somos o inverno que parece ser o fim. O fim é a primavera. O fim são os florescimentos. Aqui e no mistério.

Juliana é perfume na eternidade. Juliana é! Do verbo que nunca deixa de ser.

"Como é a eternidade?", talvez perguntem os filhos de Juliana. Somos pequenos demais para saber, pequenos demais para voar o voo das almas.

É um outro nascer. No cordão umbilical, não imaginávamos que pudéssemos sair de um ventre tão pequeno, tão aconchegante, para viver o mundo grande. Nascemos sem saber. Nascemos sentindo. Sabemos, também, nada do novo nascimento.

Modestamente, desconfio dos que dizem nada existir como desconfio dos que têm tanta certeza que explicam como será. Seria possível algum bebê dizer o mundo antes de ser? Sentia ele apenas o amor nutrindo sua vida e preparando o nascer. Nesse mundo grande, também vivemos aconchegos. Também nutrimos e fomos nutridos de amor. E depois?

Respeito os que desacreditam de tudo. Cada um tem o seu jeito de se ajeitar nas estações. Eu acredito.

Na primavera do Cemitério chamado Campo da Esperança, enquanto ouvia os dizeres da irmã de Juliana, enquanto cantavam canções de fé, enquanto abraçava seu marido, tão meu amigo, enquanto enxugava as lágrimas de sua mãe, eu olhava para o céu.

Olhava para o céu e sentia uma paz reparadora de tristezas. Uma paz anunciadora dos voos, dos voos para o alto, dos voos que, metaforicamente, dizem que não ficamos embaixo da terra. E que o marido de Juliana e, também, Caetano estão certos, é beleza demais para não prosseguir.

Prossegui acreditando. Abracei duas palavras para não caminhar sozinho, enquanto saía daquele Campo da Esperança. A fé e a saudade.

A fé que diz que sei nada, mas que confio muito. E a saudade, ah, a saudade! Só tem saudade quem autorizou o amor a enlaçar a própria vida em outras vidas, quem, no campo da existência, existiu para abrir espaços para outros florescerem. Afinal, nascemos para a primavera.

67

# Desamar

Você, hoje, não disse nada. Só silêncios. Já eu, amanheci falante. Reclamei com coragem, porque, a mim, não falta coragem para reclamar.

Veja as circunstâncias em que me encontro. Dona Anete mais falta do que vem e tenho disposição nenhuma para uma conversa mais detalhada sobre as responsabilidades éticas de quem se dispõe a cuidar de um idoso.

Os livros que tenho, e que não são poucos, já os trocaram tanto de lugar que não encontro o lugar onde deveriam estar. Confesso, só para você, para que não me entendam necessitado de mais remédios, porque é isto que nos fazem, nos entopem de remédios. Cada um com sua função. Sendo que a principal função de cada um é evitar os estragos do outro. É disso que se trata. Se um é para o fígado, pode trazer consequências ao coração que, naturalmente, exige um outro e que pode atacar o estômago, então, um outro. E assim a procissão dos remédios vai entrando em mim.

Acabei em divagações, agora tem sido assim, vou dizer alguma coisa e essa coisa puxa uma outra e demoro a voltar para a coisa inicial que eu queria dizer. Lembrei. Falava da procura dos livros. O que ocorre é que, no decorrer da procura, não poucas vezes, esqueço o livro que eu procurava. Como disse, só digo isso a você. Senão teimam em dizer que não tenho condições de cuidar de mim e inventam internações ou, na melhor das hipóteses, mais remédios. Você acha um problema de grandes proporções esquecer o nome do livro que se está procurando?

Você está aí? Por que ainda não se manifestou?

Não faz tanto tempo assim que a chuva veio. Gosto do barulho de chuva. E gosto de saber que ela traz alívios. O desamar também traz alívios. Você se lembra da Maysa, não é? Lembra, sim. Já falei algumas vezes sobre ela. Como foi difícil o desamar. Como foi difícil separar o que existiu do que existiu somente em mim. Memórias que construiu, me disseram.

Éramos jovens e nos apaixonamos. Certamente, nos apaixonamos. E vivemos o tempo das esperas. Naquele tempo, as coisas não eram tão rápidas. Ela dizia nada, quando eu dizia os sentimentos. Timidez, talvez. Excesso de cautela.

Maysa era linda. Olhos obtusos, quase orientais. Cabelos sempre molhados, cheirando a novidade. Não era alta. Era da altura que me cabia compreender que cabíamos um na vida do outro. Ela morava aqui em frente, você se lembra disso, eu já disse. E, um dia, as circunstâncias fizeram com que ela se casasse com um outro. Eu nunca acreditei naqueles dois. Não faziam laço. Não enfeitavam as ruas por onde passavam. Eu sabia que não duraria muito e vivi, novamente, o tempo das esperas. Você acredita que um dos filhos recebeu o nome de um dos meus irmãos? Isso diz muito.

Os nossos olhos se cruzaram, não poucas vezes, e ela sempre cerimoniosa escondendo, certamente, um vulcão dentro dela. Um vulcão pronto para dar um basta àquela vida com aquele marido. Contra todas as minhas intuições, ela morreu antes dele. Vez em quando, ele vinha conversar comigo sobre os livros que estávamos lendo. Era como se ele soubesse que o grande amor daquela mulher havia sido eu e não ele.

Ah, você está aí, finalmente.

Eu sabia.

E está caindo mais lentamente.

Está desacreditando do que estou dizendo, eu sei.

É sempre assim, quando cai nessa velocidade.

Desdiz o que eu digo.

José Luiz, o único amigo que restou, sim, porque as pessoas morrem, também não acredita que ela, em algum momento da vida, tenha pensado em mim. Eu não discuto com ele, aliás, porque ele não ouve praticamente nada. Eu já disse que há aparelhos muito bem feitos para a surdez, mas ele não ouve.

Você está me ouvindo?

Não tive disposição para ir até a padaria. Esquentei o pão que tinha, quando percebi que Dona Anete mais uma vez faltou. Vamos ver o que ela dirá na sexta-feira. Fingirei acreditar como você finge acreditar em mim, eu sei.

Gosto, quando ficamos apenas nós dois. Às vezes, você desce com mais força; às vezes, com menos força. Às vezes, com mais volume; outras, com volume quase nenhum. Gosto de trocar a vasilha, quando ela está cheia da água que vem de você. José Luiz disse que eu tenho que consertar você. Dona Anete, também.

Eu ouço o que eles dizem e digo que "sim" e faço o que quero. Quero você comigo. Nesse entardecer entre livros e lembranças. Quando os tempos ficam secos, você silencia. E, então, fico só.

Quando chove e você volta, eu volto a ter vontade de contar o que vivi. E os livros de amor que li. Sempre gostei dos finais felizes. Sou dos que choram mais de emoção do que de tristeza.

No sepultamento de Maysa, eu estava. Com um terno também escuro, como escuro era o terno do tal marido. Nos olhamos no caixão. Era como se ela dissesse 'que pena, era de você que eu gostaria de enviuvar.'

Um dia desses, uma barata apareceu por aqui. Olhou o que caía de você. Ouviu, talvez. E se foi, E nada mais.

Dizem que a solidão dói a alma. Eu não quero remédios. Eu quero você gotejando companhia em mim. Continue, por favor. Até que eu possa dormir.

## 68 A acinzentada alegria

O sol estava preguiçoso e era verão. Eu havia, como na maioria dos dias, saído de casa de bicicleta. Era bom morar não tão longe do trabalho. Gosto de ir com calma. De fotografar com os olhos as cenas que dizem beleza no meu caminho.

Trabalho como garçom em um restaurante de saladas. As pessoas escolhem as verduras, os legumes, as frutas, os complementos, e os pratos são cuidadosamente preparados. Os molhos também são decididos. Azeite e limão, mostarda e mel, pesto, balsâmico e outros.

No dia do sol preguiçoso, um casal entrou e ela, gentilmente, pediu uma mesa. Eu os acompanhei. Perguntei se conheciam o restaurante. Expliquei das saladas e da escolha de uma proteína e, antes, de continuar perguntando sobre as bebidas, o senhor interpelou com alguma rispidez: “Vou ter que me levantar para fazer a salada?”

A senhora, oferecendo gentilezas, disse que faria isso, que ele poderia aguardar na mesa. Ele resmungou algo inaudível.

Ajudei-a com a cadeira e fui atender as mesas ao lado. Vi quando Catarina voltou com o prato do marido pronto: "Está bem, assim?" Ele foi ríspido na resposta: "Foi você quem escolheu o restaurante." Como se não tivesse escutado, ela prosseguiu: "Tem tudo o que você gosta." Foi aí que eu soube o seu nome, ""Você não sabe o que eu gosto, Catarina."

Ela se foi para fazer o seu prato. Quando voltou, ele foi ainda mais grosso: "Que lerdeza, deve ter ficado jogando conversa fora, me deixou sozinho aqui, com a comida esfriando." Ela pareceu brincar: "A salada esfriando, meu bem?" E sorriu como se estivesse acostumada a viver sem gentilezas, como se não desse a ele o poder de acinzentar sua alegria.

"Você quer qual proteína?"

"Quero sossego", respondeu sem responder.

Ela pediu peixe para os dois. Eu anotei prontamente. Não sou de ouvir o que a mim não compete, mas o volume dos seus ditos podia ser facilmente acompanhado pelas mesas ao lado e por nós que servíamos no restaurante.

"Seus filhos são burros como você, o João é escravo da mulher, uma idiota."

"Como está o peixe, querido?"

"Esse restaurante não é bom."

"Você gosta de palmito, está delicioso."

""Você precisa falar com a besta da Tânia, fez tudo errado."

"Falo sim."

Não sei quem é Tânia, só sei que da sua boca nenhum nome nasceu sem alguma rispidez. Eu estava estupefato. O que aqueles dois faziam juntos? Por que ela autorizava aquele homem em sua vida?

Ana Paula, que trabalha comigo, comentou também: "Que homem indigesto." E, ainda, antes de pedirem a conta, quando ela perguntou a ele se queria sobremesa, veio a coroação: "Você não deveria comer doce, está gorda como uma porca, está igual sua mãe." Ela olhou nos meus olhos e disse gentilmente: "Dois cafés, por gentileza, e a conta."

Eu quis dizer que ela não estava gorda, que gordo estava ele. Eu quis dizer que ela não deveria aceitar servir a homem nenhum. Eu quis dizer que ela merecia uma alegria ensolarada. Eu quis dizer tanta coisa. Será que eu deveria ter dito? Será que o silêncio é, em alguns casos, irmão da covardia? Sei nada da vida dos dois, como fazer para mudar o que não sei?

Eles se foram. Ele pagou em dinheiro e levou, inclusive, as moedas do troco. Contando uma a uma. Achou cara a conta. Levantou-se antes dela que ainda terminava o café.

Eu olhei para aquela mulher e incompreendi. A acinzentada alegria dela doeu em mim. Infelizmente, nem sempre temos o poder da escolha. O que sei eu de sua vida? Dos seus ontens? Das feridas já cicatrizadas e das que ainda doem?

Na bicicleta, voltando para casa, resolvi parar e comprar flores para Luciana, minha mulher. Quero dizer a ela da felicidade de estarmos juntos. Quero jurar delicadezas mesmo nos dias de sol preguiçoso. Mesmo no entardecer. Se for para viver sem amor, é melhor anoitecer separados...

# 69 O dizer das vozes

Estávamos sentados quando o comandante comunicou que a manutenção havia pedido mais alguns minutos para compreender algum sinal que alertava que não poderíamos iniciar o voo. Cada um prosseguiu com o seu fazer. Eu lia um livro.

Passados os minutos, ele explicou que se tratava de um pequeno amassado no motor, que não comprometia a segurança da aeronave e que, em poucos instantes, iríamos partir.

Uma senhora veio do meio do avião sôfrega, pedindo ao comissário para sair. Disse que estava com uma intuição ruim. Que não ia voar com motor amassado. Ela não falava com a voz alta, mas os que estavam na frente, como eu, ouviram. O comissário perguntou se ela havia despachado a bagagem. Ela disse que sim. Fotografou o bilhete para que localizassem, na carga. O procedimento atrasaria um pouco mais a partida.

Uma senhora, do lado oposto ao meu, disse ao comissário que, talvez, também quisesse descer. Um senhor, ao seu lado, também mostrou dúvida de permanecer ou não no voo. Então, uma outra senhora, sentada logo atrás da minha poltrona, perguntou a mim se eu não estava receoso. Eu disse que não. Ela perguntou se eu não tinha ouvido a intuição da mulher. Falei que acreditava mais na intuição do comandante e no preparo da equipe de segurança da companhia.

Foi, então, que eles se acalmaram. A porta se fechou e o avião começou a taxiar para nos levar ao nosso destino. O senhor que estava ao meu lado disse que não tinha medo. E exibiu uma Bíblia em seus guardados.

A comissária agradeceu minha fala serena, dizendo que, quando uma voz traz medo, outras acompanham. Em contrapartida, uma voz segura também encontra eco. Voltei ao livro.

O senhor que estava ao meu lado quis saber o que eu estava lendo e eu disse. Pouco tempo depois, diante do celular, ele ria com euforia. Um pouco alto, inclusive. Ele viu o meu olhar e explicou:

"São vídeos de bandidos que se deram mal. Eu adoro. Quer ver?"

Eu não havia entendido muito bem. Ele percebeu e foi sendo mais didático.

"Esse daqui não estava armado, mas fez que estava, disse que era um assalto. O do banco de trás estava armado e descarregou a arma na cabeça dele. É muito divertido ver o bandido caindo da moto, no chão, morto."

Olhei para ele e só repeti uma das palavras, em tom de pergunta, "Divertido?"

Ele não se conteve. "Eu adoro, tem vários aqui, quer ver?" Eu disse que não e agradeci. Ele viu meu incômodo e sorriu em tom de deboche dizendo que esperava que eu não fosse um dos que defendem bandidos. Que ele tinha muito ódio.

Eu disse que não queria entrar em detalhes mais complexos em um voo tão curto, mas que ouvir de alguém que se divertia em ver pessoas morrendo causava uma certa estranheza.

Ele insistia perguntando se alguém me assaltasse o que eu faria, se eu, por acaso, convidaria o bandido para um chá. E ria de si mesmo. Eu não ria.

Pelo contrário. Uma tristeza ia dizendo em mim que essas vozes vão ganhando forças.

Evidentemente, eu sentiria raiva se alguém me assaltasse. Aliás, já senti, já fui assaltado. A raiva daqueles instantes nunca foi definidora das ações que vieram depois, das ações da minha vida.

Eu, incomodado, quis ajudar. Falei da Bíblia e ele pareceu gostar. Em tom leve, disse das histórias de fé, de ensinamento que preenchem o Antigo e o Novo Testamento. Ele acenou com a cabeça concordando. O livro que eu estava lendo era um estudo sobre as parábolas de Jesus. Perguntei qual delas era mais tocante para ele. Só o fato de ele deixar de ver os vídeos e prestar atenção já me trazia alguma esperança. Ele respondeu que carregava a Bíblia com ele, mas que não tinha o hábito de ler.

Eu, então, incentivei que lesse. Ele pareceu gostar da conversa e perguntou se deveria ler do início. Eu disse que não. Que começasse pelas Cartas de São João. E fui dizendo um caminho possível de ser seguido. Ele quis saber mais. Eu falei de duas ou três parábolas. E ele ouviu.

O avião pousou em segurança. Ele se despediu de mim falando que não é que se divertia vendo os vídeos, é que a violência estava excessiva. Eu ouvi. E fui dizendo vozes que plantassem alguma esperança. Nenhum ódio, em nenhum lugar, construiu tempos de paz.

## 70 O público e o quarto

Ele comunicou do almoço com os dois companheiros que detesto. Detesto porque eles aplaudem os exageros e o mau gosto na escolha das palavras. Detesto porque eles riem do que não merece riso. Detesto porque ainda cultivo, em algum recôndito, a polidez.

Júnior é tudo em excesso. E, com os excessos, as mentiras. E, com os excessos, a reprovação para mim que não confirmo. Aceitei casamento com o homem errado. São quase vinte anos de um barulho que não desliga.

Quando nos conhecemos, tive dúvidas. A dúvida de não prosseguir em casa, eu não tinha. Queria distância do meu pai, por razões que me doem. Culpei minha mãe pelo casamento preenchido por um cotidiano de subserviências. Foi ela quem intercedeu por Júnior, dizendo que era hora de eu viver minha história. Condeno a mim mesma por não ter reagido, por não ter dito que uma história não depende de casamento.

No público, nos inícios, ele parecia aprazível. Aos olhos dos outros, aos meus, a desconfiança. Desconfio de quem fala alto demais. Disse à minha mãe que o pior não é o público, é o quarto. Eu ainda não sei o que é o prazer. Ele é tão confiante de si que é como se eu não existisse. Começa dizendo o que fazer. Conta vantagens que não se concretizam. Em mim, fica pouco, o que é um sinal de alívios. Minha mãe ouviu, ouviu distante.

Nunca me esqueço do dia em que sua irmã, minha tia, disse que meu pai tinha uma amante. Na cozinha, enquanto minha mãe separava o feijão das sujeiras, ela sorriu. Elas falavam baixo, mas eu ouvi. E vi o sorriso de minha mãe. Era como se isso a desobrigasse de tarefas indesejadas no quarto.

Eu sonhei com um homem romântico, com um homem que entendesse o meu corpo de mulher, com um homem que tivesse a delicadeza e a compreensão do meu tempo.

Vou fazer almoço. Vou aguentar os gracejos vulgares. Ele gosta de dizer que eu sou uma mulher satisfeita com o homem que tenho. Na última vez que estiveram aqui, ele disse que eu era gulosa. E deu uma gargalhada indelicada. Com a boca cheia de resíduos de comida. E ainda explicou que estava falando de quarto. Disse que eu corava, quando ele dizia, mas que estava em família. Quando passei para pegar mais cerveja para ele, ele deu um tapa na minha bunda e disse: "É minha."

O quarto, sem ele, é meu lugar preferido. No quarto, manifesto a mim mesma o sonho do desenraizamento

– do dia em que conseguirei quebrar a corrente que, há tempos, atormenta as mulheres da minha família.

Um dia minha mãe disse para que eu tivesse paciência. Ao menos, ele não batia em mim. Não entendi se era uma partilha do que ela passava ou se ela se referia à minha avó, que tinha marcas de dor no corpo. Falei das dores da alma. Da interioridade. Do que ia se desmantelando dentro de mim. As palavras também doem. As atitudes grotescas sujam os dias, sujam a vida.

Sonhei tanto uma vida simples, mas uma vida romântica. Sonhei um prazer que lia nos livros, que ouvia nas conversas de amigas da faculdade. Sonhei um homem que fosse delicado. Que brincasse com os meus cabelos antes de penetrar o meu corpo. Não sonhei com pesadelos. O peso da decisão ainda não me deixa partir. Queria ser livre como Joana, amiga mais próxima, que arrumou as coisas e a vida. E se foi.

Preciso deixar de divagações e decidir a sobremesa. Júnior gosta de pudim de claras. É melhor eu ver se tenho os ovos e o restante ou se preciso ir às compras.

O bom é que o ruim não dura para sempre. À noite, quem sabe, ele resolva sair com eles, e eu possa abraçar os silêncios. O meu quarto em silêncio é o melhor lugar do mundo. Do mundo que conheço.

Minha mãe é outra, depois que enviuvou. O tempo arruma as coisas.

# 71

# O silêncio das pedras

Eu havia despertado antes. A casa silenciosa guardava o sono das pessoas que eu amava.

Inaugurei o dia correndo pelas ruas da minha cidade. O sol, ainda tímido, aquecia a despedida da madrugada. Gosto de correr em silêncio. O silêncio também é feito de palavras. Sem palavras, não há pensamento.

Penso, enquanto corro, nas pessoas ausentes. Hoje é aniversário do meu pai. As palavras não têm o poder de trazer as pessoas de volta. A dor, na memória, se sente em palavras. O sorriso, também. Enquanto corro, converso com o tempo em que meu pai estava. E uma felicidade bonita desmente a dor. A lembrança do meu pai reflete sol nas casas que vejo, enquanto corro.

Passo por uma ponte antiga. Vejo o rio e, ao longe, a montanha. O nascer do dia é uma explosão de belezas. Ouço o cantar dos passarinhos, o acordar das flores, o barulhar dos ventos levando as nuvens para que o sol possa iluminar o novo. O novo dia.

Correr faz bem para o corpo e para o silêncio vasculhador das memórias. Olho, vez em quando, para o alto. Penso nos dissabores do dia anterior. Homens da minha cidade com dizeres perversos. Conheço bem um deles, rastejante da vida. Foi ele que um dia atirou infâmias em mim. Hoje, sorve as amarguras do caminhar incorreto. Lamento pelo mutismo dos outros. O silêncio, nessas situações, deveria ficar para as pedras.

Quando estou presente, não autorizo o rebaixamento de ninguém. Tenho horror aos preconceitos. Tenho horror às brincadeiras vulgares, quando o outro é o objeto do brincar. Palavras fracas e descuidadas machucam muita gente.

Prossigo a corrida. Passo por um velho pontilhão por onde o trem passava. O barulho do trem também é palavra na minha memória. Os cuidados que deveriam ser tomados para evitar atropelamentos. Os aprendizados das chegadas e das partidas. As palavras que dizem adeus enternecem a alma.

Volto ao meu pai e ao seu contrato com a gentileza. Sou fruto do seu plantio e corro para não descuidar do cuidado essencial de amar as pessoas. Um dia, não correrei mais. Um dia, as palavras que brotam de mim serão terra. E, quem sabe, germinarão bons sentimentos no mundo. É o meu modesto pensar. O que deixamos por aqui, quando o aqui prosseguirá sem nós?

Pensar na finitude do que se conhece não é desrespeitoso com o dia no seu nascer. É saber que há mortes e nascimentos todos os dias. De novo, o trem. De novo, meu pai. De novo, o pensar nos que sujam. De novo, a decisão de não sujar.

Termino a corrida e me sento diante do rio que fica não muito longe de onde moro. Sento e encosto o meu cansaço. Na pedra grande que sinto desde a minha infância. Tantos correm e param e ela prossegue. Prossegue no nascer e no despedir de cada dia. Encosto na pedra e vejo uma outra não muito longe. E olho o azul lindo de um céu de verão. A lua, ontem, estava cheia. Penso no luar refletindo a noite nas pedras, no silêncio das pedras. É dia.

É dia de voltar para casa e tomar café com as pessoas que eu amo. É dia de dizer palavras nascidas dos silêncios, palavras escolhidas para dizer sentimentos. Eu nunca economizei no amar e no dizer amor ao meu pai. Sinto que ele sente o quanto ele prossegue em mim. Sinto em palavras, em palavras que aconchegam a saudade e que acalmam as dúvidas. Até as pedras sabem que não terminamos por aqui.

# 72 O sagrado da cruz

Ela fez o sinal da cruz. A criança perguntou o significado. Ela disse o que sabia. Eu ouvi em silêncio. E fiz o sinal da cruz.

Ela trabalha na casa onde a criança mora. Ela cuida da criança. É o que eu sei. É o que basta para querer escrever a emoção. O nome dela, eu também sei. Ouvi da criança.

"“Amanda, o que é isso que você fez?”

“O sinal da cruz.”

“E o que é?”

Amanda sorriu. Um sorriso de aconchego. E abraçou, ainda mais, a criança.

“Quero saber.”

“Eu digo.”" Estávamos passando em frente a uma igreja. Amanda disse. Disse que aprendeu, desde cedo, o sinal da cruz. Com sua mãe, mais religiosa que ela. Que a cruz ensina três ensinamentos.

O primeiro é o alto. E a criança olhou para cima. Há o alto. O sagrado. O que está além do que podemos tocar. E a criança levantou as mãos. O sagrado é o que nos dá paz. É o que nos faz sorrir. E a criança sorriu.

O segundo ensinamento são as mãos dadas. E a criança deu as mãos para Amanda. É mais seguro caminhar de mãos dadas. E é mais bonito, também. E a criança sorriu novamente. O sorriso também precisa das mãos dadas.

E, nesse instante, meu pensamento se organizou nas explicações de Amanda. A verticalidade na relação com o sagrado e a horizontalidade no respeito aos outros – a todos os outros. As mesmas mãos que fazem o pão dão o aconchego. As mesmas mãos que plantam sementes que alimentam abraçam em delicadezas. E, também, varrem as sujeiras. E, também, orquestram músicas que nos fazem sentir o alto.

Das divagações, voltei para a escuta.

O terceiro ensinamento é o sentimento.

"O que é o sentimento?", foi a pergunta da criança.

O sentimento é o que há de mais bonito no mundo. O que dói é sentimento e o que faz a alegria, também. O que sente saudade é sentimento e o que reencontra, também. Foi quando vi os olhos de Amanda marejarem.

""Você está chorando?"

Como é bonito ver a sinceridade das crianças.

"Vem que eu te abraço."

E a decisão de espantar as tristezas.

Do que chorava Amanda, eu não sei. De alguma dor ou de algum reencontro? Chorou sorrindo; então, poderia estar sentindo o fazer da alegria.

O ensinamento dos sentimentos nos permite entender os outros dois, o da verticalidade e o da horizontalidade. Do que nos eleva e do que nos une. Não sei a religião de Amanda. Nem dos seus estudos. Tampouco dos seus cotidianos. Sei que atenções dizem muito e que emoções são laços que enfeitam nossa alma.

Caminhei mais um pouco e, depois, quando elas atravessaram a rua, resolvi voltar. Entrei na igreja e fiquei olhando para a cruz. Olhando para a cruz, senti a paz que disse Amanda. Pensei no seu nome, Amanda. Amanda vem de amor, vem do que é digno de ser amado. Todo ser humano é digno de ser amado. A horizontalidade.

O desamor, entretanto, crucificou o amor. E, crucificando o amor, crucificou os sentimentos mais bonitos que nos fazem dar as mãos, como o respeito, a compaixão, a bondade. Olhando para a cruz, lembrei de tantos ensinamentos bonitos que plantaram em mim, os olhos nos céus.

Uma música bonita tocava na igreja. Uma música composta há alguns séculos. As mãos do compositor. O amor venceu a morte, ainda antes da morte. O amor perdoou. E, perdoando, estava pronto para a vida.

Saí da igreja e fiquei olhando para uma árvore imensa que, banhada pelo sol, ficava ainda mais linda. O dia ficou lindo depois de Amanda e da criança. Sim, o sentimento é o que há de mais bonito no mundo. Sentir no ordinário o extraordinário é valorizar o sentir. É estacionar o tempo que passa para plenificar o tempo presente. O instante de um dia que se despede. O instante de um beijo de amor. O instante de um colo para os alívios.

Caminhei diferente depois de Amanda. E ela nem sabe disso. O bom do existir é semear sentimentos de amor sem outras preocupações, além do semear. Sem aplausos, ela ofereceu ao meu dia um dia melhor.

Obrigado, Amanda. Eu já sabia sobre o sagrado da cruz, mas, no seu dizer, ficou mais bonito.

## 73 Deixar partir

Os sinais sinalizavam, há algum tempo, o desinteresse. Eu insistia em prosseguir. Fazia névoa nos meus entendimentos para desacreditar do cansaço do amor.

Aprendi que o amor não tem cansaço. Aprendi errado, talvez. Ou não aprendi a saber se é ou não amor. Névoas, sim. Olhava para o lado para não ver o que estava à frente ou olhava para frente para desaperceber o que ao lado estava.

O namoro não anunciava outros compromissos. E havia os sumiços. Com dizeres pálidos. Eu sorria temendo reações que me causassem dor. E prosseguia acreditando que era melhor prosseguir a começar tudo de novo. E prosseguia com medo do que ficaria em mim se ele dissesse que iria partir.

Dos espaços vazios da sua presença a uma presença grosseira, quando estava. Um dizer meu era seguido de alguma repreensão ou de algum gracejo sem polidez. Como se ele soubesse e eu não. Como se ele pudesse, eu não. Como se eu não estivesse com a autorização para estar.

Os que me conheciam, antes dele, e me viam sem ele tentavam fazer uma fotografia que revelasse essa ausência de mim. Eu fingia surdez. Eu ria sem profundidade. Tudo era raso pela ausência de nós em nós.

Ele foi embora algumas vezes e eu chorei. Chorei o que não tinha quando ele estava, mas ele estava. Eu insistia na volta. Ele esperava que eu fizesse isso. Era o meu dizer descasado de qualquer pensamento.

Pensar dói. E eu tenho medo da dor. O medo assustou por algum tempo a coragem.

Outros gestos foram explicando os sumiços. A nossa cama não era a única nas escolhas dele. Os ditos de amor que eram raros, mas eram ditos, eram também ditos a quem eu não queria saber. Nem os ditos nem a frequência em que eram ditos.

Foi então, em um dia, depois de tanta aridez nas palavras e no comportamento, enquanto estávamos sós, que ele olhou para mim, na frente de outros, e culpou a minha insistência no seu amor. Disse o quanto a humilhação fazia parte dos meus suplícios. Do quanto eu não era. E riu desdizendo qualquer coragem em mim de me levantar.

No chão, não se vive.

No instante da grosseria, comecei a tentar culpar a bebida – ele não havia bebido. Inventei uma infância sem amor na vida dele que o tornou tão pouco afeito ao respeito. Criei uma oração ao tempo para que o tempo acelerasse o passar e fôssemos para casa, sem os olhares que me olhavam com comiseração. Quando eu, quase em silêncio, sugeri que era a hora de ir, ele disse que eu fosse sem ele e que, sem ele, eu me acostumasse.

Amar é um ato de coragem. Deixar de amar, também. Os olhares que me olhavam se transformaram em todos os olhares do mundo, dizendo ao meu mundo que eu já não era. Andei a passos lentos, esperando que ele viesse atrás. Atrás, só havia uma história com a errada pontuação. Era preciso despedir as vírgulas. Era preciso um ponto final.

Vozes de pessoas e tempos diversos faziam som em mim, enquanto eu caminhava sem caminhante algum ao meu lado. Por que insistir? Por que inventar desculpas para justificar comportamentos que não dizem amor?

Tantas vezes eu quis estar e ele, não. Tantas vezes eu romantizei o não acontecido. Medo da solidão? Medo de recomeços? A vida é um recomeço. Todo dia o dia começa. E por que não eu?

Os sinais estão ora fechados, ora abertos. É preciso apenas prosseguir. Com a calma necessária e com o necessário não parar. Parei demais a minha vida. Será que aprendi? Ou será que esses lapsos de consciência irão embora, quando a dor disser que eu volte a rastejar a sua volta?

Não. Hoje a decisão está na coragem de deixar de amar. Ou no apagar da teimosia.

As luzes da noite estão acesas. Há um luar preguiçoso, dizendo algo bonito em mim. Há pessoas nas calçadas, calçadas com suas promessas de amanhã. Ninguém está parado. Nem o tempo. O tempo que faz brotar na primavera o que no inverno parece o fim.

Deixar partir é o que eu tenho a dizer. A mim e à parte de mim que sabe que, amanhã, posso ser primavera também.